クラスの大嫌いな女子と結婚することになった。

②

天乃聖樹 Amano Seiju
イラスト 成海七海
キャラクター原案・漫画 もすこんぶ

小憎らしく舌を出し、
肩をそびやかして教室に入っていく。
あいかわらず
人に懐こうとしない
野良猫みたいだ。
北条《ほうじょう》 才人《さいと》
Saito Hojo

「この先は
他人のフリ！
結婚してることは
絶対ヒミツよ！」
Akane Sakuramori
桜森《さくらもり》 朱音《あかね》
二人の関係は
変わらず…？

「朱音って、才人くんのこと、好き？」
「私、ね。その……才人くんのこと、好き、なんだ」
石倉《いしくら》 陽鞠《ひまり》
Himari Ishikura
親友からの告白——

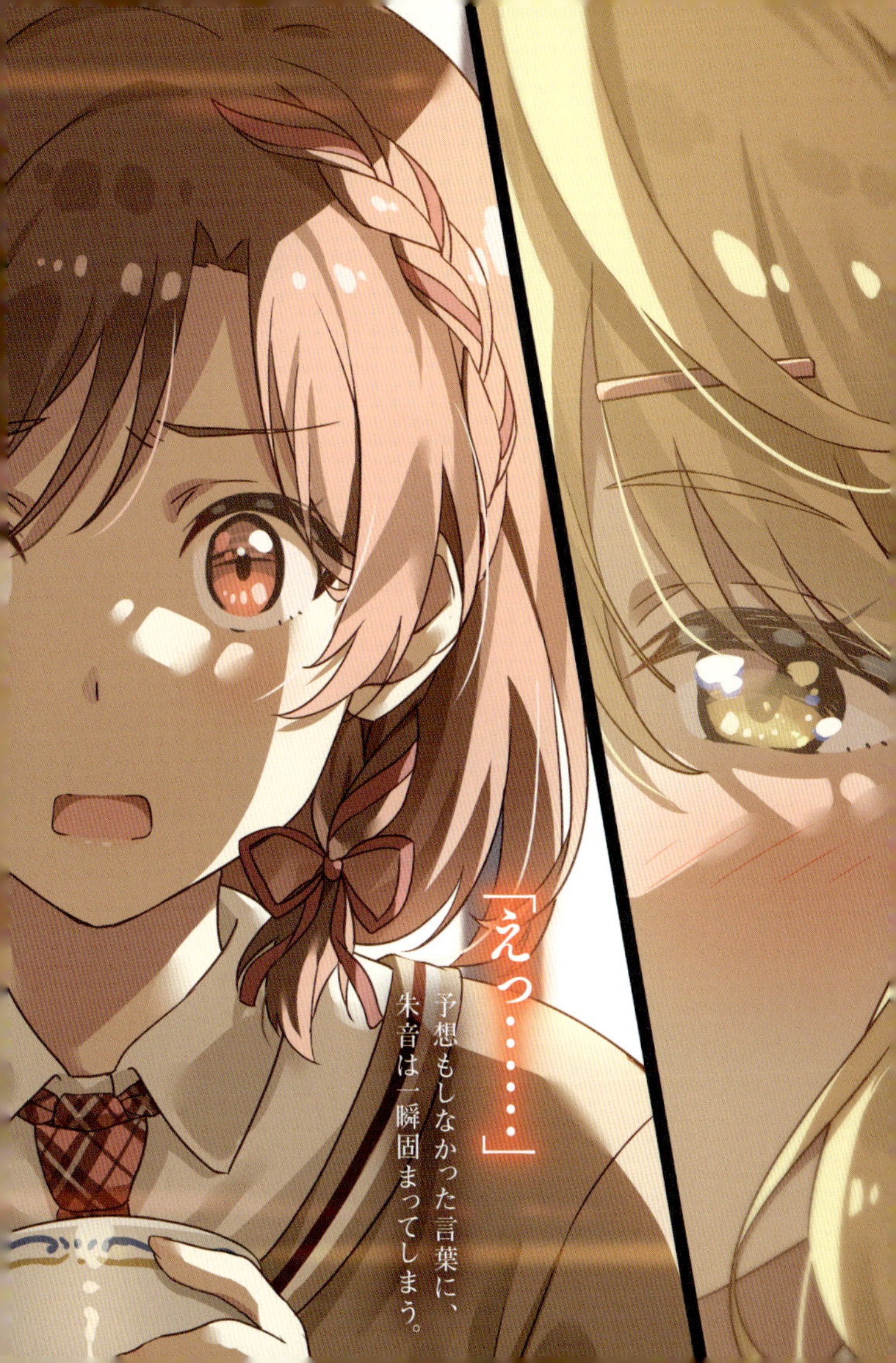
「えっ……」
予想もしなかった言葉に、
朱音は一瞬固まってしまう。

「やり方は分かっただろ？」

「分かったけど、兄くんに手を握られてるの、気持ちいいから」

糸青の真っ白な肌は、絹のようになめらかな感触だ。才人は愛くるしい子猫に甘えられている気分になる。

Shisei Hojo
北条《ほうじょう》 糸青《しせい》

朱音が不機嫌に…!?
「あ、あのねえ……あんたたち……」

CONTENTS

Class no Daikirai na Joshi to Kekkon surukotoninatta.

クラスの大嫌いな女子と結婚することになった。2

天乃聖樹

MF文庫J

口絵・本文イラスト●成海七海
漫画●もすこんぶ

プロローグ

prologue

小学生の頃、桜森朱音《さくらもりあかね》は石倉陽鞠《いしくらひまり》が嫌いだった。

教室で自分の席に座っていると、陽鞠がうるさく話しかけてくる。

「ねえねえっ、朱音ちゃん！　昨日の九時のドラマ観《み》た？」

「観てないわ。恋愛ドラマなんて興味ないし」

朱音は鼻を鳴らして、引き出しから教科書を取り出す。

「えー、面白かったのにー。録画してるから、一緒に観ようよー」

「何度も言っているけど、私はあなたと遊んでいる暇はないの。帰って妹の世話があるし、毎日勉強もしないといけないんだから」

陽鞠は目をきらきらさせる。

「朱音ちゃんって偉いよねー！　いっぱい勉強して、いっつも一番なんだもん！」

「ま、まあね。私に勝てる人間なんて、この世にいるわけがないわ」

朱音は長い髪を跳ね上げる。

誰よりも努力しているのだから、誰にも負けるはずがない。この先も、ずっと。

「でもでもっ、たまには息抜きもした方がいいよ。勉強ばっかりしてたら、疲れちゃうでしょ？」

「息抜きならしてるわ」

「私と一緒にしようよ！　一人より二人の方が楽しいよ！」

元気な小犬のように、陽鞠《ひまり》がまとわりついてくる。

朱音《あかね》は眉をひそめ、冷ややかに陽鞠を見据える。

「……石倉《いしくら》さん。悪いけど、私はあなたにも興味がないの」

きっぱりと拒絶の意思を示したつもりだったのだけれど。

「私は興味あるよ！　朱音ちゃんのこと、とっても！　だから、友達になろっ！」

陽鞠は気にせず朱音の手を握り締める。

屈託のない笑顔。全身から好意が溢《あふ》れ出《だ》している。

「あ、あのねえ……」

「帰りに、ちょっと寄り道しよーよ！　すっごく美味《おい》しい苺《いちご》パフェのお店、見つけたんだー♪」

「苺ぱふぇ!?」

ぴくりと反応してしまう朱音。

すぐに表情を隠すが、陽鞠は見逃さない。

「あー、朱音ちゃんってば、苺パフェ大好きなんだー？」

からかうように言ってくる。

「ぜ、ぜんぜん好きじゃないわっ」

「ウソばっかりー。思いっきり顔に出てたよー♪」

「で、出てないわ！」

「今日は私が奢《おご》るから、ねっ？　ねっ？」

陽鞠が朱音の手を引っ張る。

「う、うう……。じゃあ、ちょっとだけなら……」

「わーい！　朱音ちゃんとデートだー！」

両手を挙げて大喜びする陽鞠。

──やっぱり、この子は嫌いよ……。

朱音は思う。

一緒にいると、胸の奥がじんわりと温かくなってしまうから。

その感覚が不思議と心地良くて、落ち着かない。

第一章 『手作り』

episode1

朝の陽光を浴びたキッチン。

テーブルに朱音《あかね》の手料理が並んでいる。

鮭《さけ》のホイル焼き、キノコの味噌汁《みそしる》に、炊き込みご飯。登校前のわずかな時間で作ったとは思えない本格派だ。

才人《さいと》が箸先でホイルを開くと、中にこもった熱気がじゅわっと広がり、芳醇《ほうじゅん》な香気と共に漂ってくる。普通に鮭を焼いたのとは違う、みずみずしい旨味《うまみ》。

味噌汁にはエノキやシメジやなめこが入っており、様々な食感で楽しませてくれる。

炊き込みご飯は一粒一粒にダシが染み込み、ゴボウやニンジンの歯ごたえが小気味良い。

「どうかしら？　あんたの素直な感想が欲しいわ」

制服にエプロン姿の朱音が、得意げな顔で訊《き》いた。

「気合いの入り方が朝メシのレベルではないなと思う」

「それはつまり、世界一美味《おい》しいということね？　そしてあんたは私への負けを認めて絶対服従するのよね？」

「なぜ旨いメシを食ったら俺の負けになるんだ」

「当然でしょ？　きび団子を食べた犬も桃太郎の家来になったんだから」

「俺は犬じゃない」

「ごめんなさい、間違えたわ。あんたは猿だったわね」

「お前な……」

朝っぱらから攻撃力の落ちない少女である。心底見下すような表情が憎らしい。最近ちょっとだけ可愛《かわい》らしい一面を覗《のぞ》かせていたのが嘘《うそ》のようだ。

あれは夢か幻だったのかと思いながら、才人は尋ねる。

「この前、『嫁がいるのに他の子と仲良くしすぎるのはダメ』って言ってたのは、どういう意味だったんだ？」

「……!!」

朱音が味噌汁の椀《わん》を取り落とし、才人がキャッチする。

あわや大惨事。せっかくの料理が味噌汁まみれになるところだった。

「ど、どどどどういう意味って、どういう意味かしら!?」

朱音は目をグルグルと回し、汗をダラダラと流している。

「そのままの意味だが……お前の真意を知りたい」

「し、真意もなにもっ、特に深い意味はないわ！　なんであんなこと言っちゃったのか分かんないし！　むしろどんな意味があると思ったのかしら!?」

「い、いや……別に……」

自意識過剰な質問をしてしまった気がして、才人《さいと》は恥ずかしくなる。

「私はただ……えっと……そう！　他の子と仲良くしすぎるのをおばあちゃんたちに見られたら結婚の報酬もなくなるからダメ！　って言いたかったのよ！　きっとそうよ！」

「な、なるほど……それは気をつけないといけないな……」

「ホント気をつけてよね！　あんたはバカなんだから！」

朱音《あかね》は腕組みしてそっぽを向く。耳たぶが真っ赤に染まっている。

結局、二人は互いの目的のために結婚しているに過ぎないのだ。

話し合いと譲り合いで家庭環境は大幅に向上したが、色気のある関係というわけではない。朱音の些細《ささい》な言動を深読みしすぎてしまったことを、才人は反省する。

朱音が焦ったようにテーブルに手を叩《たた》きつける。

「そんなことより！　私もあんたに尋問したいことがあったのよ！」

「質問ではなく……？」

拷問器具でも登場しそうな雰囲気だった。

「私が庭で大事に育てていたパセリ……朝見たら、なくなってたんだけど……あんた、雑草と勘違いして抜いてないわよね？」

「ああ、お前が植えたのか？　なんか生えてたから、栄養あるなと思って食べた」

「食べた⁉　いつ⁉　どうやって⁉」

「昨夜《ゆうべ》。生で」

朱音は愕然《がくぜん》とする。

「そのまま⁉　あんたはウサギか牛なの⁉　イタリアン作るときに使おうと思って、頑張って育ててたのに！」

「腹に入れれば同じだろ」

「まったく違うわよ！」

「苦かった」

「当たり前よ！　というか……ネギとかハーブも育ててる途中でなくなったんだけど……まさかあんたが食べたとか言わないわよね？」

才人は丁寧に合掌する。

「ごちそうさま」

「あんたは野生動物よ‼」

朱音はテーブルで頭を抱えた。

結婚生活で重要なのはパートナーへの気遣いだと考え、才人は声をかける。

「頭が痛いのか？　具合が悪いなら、もう少し学校を休んでも……」

「頭が痛いのはあんたのせいよ！　これだから天才は……料理というものを理解してない

わ……。寝込んでたときに出されたお粥《かゆ》も、なんか変な味がしたし……」

「変なものは入れていないぞ？　回復が早まるよう、サプリメントはたっぷり入れたが」

朱音《あかね》は死んだような目で才人《さいと》を見やる。

「だと思ったわ……。人にお粥を作ってもらうのは久しぶりだったから、あのときは文句言わなかったけど……」

「旨《うま》かったか？」

才人は穏やかに微笑《ほほえ》んだ。

「変な味がしたって言ってるでしょ！」

「お前もそのうち慣れる」

「慣れたくないわよ！」

「静かな心で受け止められるようになる」

「受け止めたくないわよ！　あんたは妙な工夫はしないで！　食事は後片付け専門にして！」

「そうはいかない。家事は二人で分担すると決めたんだから」

「得意分野を担当すればいいでしょ!?」

親指を立てる才人。

「料理なら大の得意だ」

「本気で言ってるの!?」

「本気さ。お前が風邪を引いているあいだに、栄養学の専門書も十冊ほど丸暗記した。人体錬成に必要な要素は頭に入っている」

「栄養学の話はしてないわよ！」

朱音はぜーはーと息を荒らげる。

少しは二人の距離が縮まったのかと思いきや、今日も今日とて口論は絶えない。

才人は朝食を掻《か》き込《こ》んで、キッチンから撤退した。


登校した才人が廊下を歩いていると、背後から足音が響いた。

振り返れば、朱音が鬼の形相で追ってきている。あれは才人を殺そうと考えているときの顔だ。まだ怒り足りないことがあったのかもしれない。

才人は脅威を覚え、早足で距離を稼ぐ。

朱音も速度を増し、才人に迫ってくる。

二人とも小走りになり、朝の校舎で追跡劇が繰り広げられる。

「待ちなさい！ 待ちなさいってば！」

「誰が待つか！ 俺はなんとしても生き延びるぞ！」

「殺さないわよ！　でも止まらないと撃つわ！」

「なにを使って撃つんだ！」

そんなハリウッド映画のような警告を受けたのは、才人《さいと》も初めてだった。真面目な朱音《あかね》のこと、銃刀法を犯してはいないだろうが、独自の武器を開発している恐れもある。

立ち止まる才人の胸に、朱音がブロック状の物体を叩《たた》きつける。

「ぐっ……やられ……てない……？」

重い衝撃が襲ってくるかと予想した才人だが、案外やんわりとした攻撃。

そして叩きつけられたのは鈍器ではなく、小洒落《こじゃれ》たハンカチに包まれた弁当箱だ。

「どうしてちゃんとお弁当持って行かないの！　テーブルに置きっぱなしだったわ！」

「あ……ごめん。忘れてた」

朝から朱音と言い争っていたせいで、弁当箱の存在が意識から抜け落ちていた。暗記力の凄《すさ》まじい才人とはいえ、日常の雑事についてはロボットほど精密ではない。

朱音が眉間に皺《しわ》を寄せる。

「忘れてた？　本当かしら……私の手作り弁当なんて食べたくなかったんでしょ」

「いや、手料理は素直に嬉《うれ》しい」

黙っていればモデル級の美少女として有名な朱音の手料理、しかも腕は女子高生の域に留《とど》まらないと来ている。突っぱねたら罰が当たるだろう。

「そ、そう……。それなら、いいんだけど」

目を泳がせる朱音。もじもじと、小さく腰を揺らす。

「せっかく頑張って作ったんだから……残さず食べないと、ダメだからね！」

うっすらと、頬《ほお》が桜色に染まっている。

——可愛《かわい》い。

悔しいが、才人も認めざるを得ない。ときどき彼女が覗《のぞ》かせる表情の破壊力は、天敵だという事実を吹き飛ばすほどに強い。

「冷蔵庫に入れておいてくれたら、帰ってから食べたんだが」

「時間が経《た》つと美味《おい》しくないでしょ！　あんたには一番美味しいときに食べてほしいの！」

「俺には……？」

朱音が慌てて手を振る。

「あっ、あんたには、ってわけじゃなくて！　その、誰であろうと、私が作った料理の美味しさを損なうことは決して許されないってことよ！　最悪、地獄に堕《お》ちるわ！」

「それは最悪だな……」

オカルトは信じていないが、才人も地獄より天国の方が好みだった。そして、どうせなら昼食は購買部のぱさついたパンより、朱音が腕を振るった弁当の方がありがたい。

人気《ひとけ》のない廊下を歩きながら、朱音が話す。

「今日はスーパーで卵の特売があるわ」

「特売を狙わなくても、生活費ならじーちゃんたちにたっぷりもらってるぞ」

才人《さいと》がドン引きするくらい、口座に振り込まれてくる。北条《ほうじょう》グループ当主の天竜《てんりゅう》には、庶民の生活水準がよく分かっていないのかもしれない。

朱音《あかね》が人差し指を立てる。

「大人になったら二人の稼ぎで暮らすのよ。贅沢《ぜいたく》に慣れるのは良くないわ」

「真面目だな」

「真面目で悪い!?」

「感心してるんだ」

才人が正直に伝えると、朱音はたじろぐ。

「ほ、褒めても何も出ないわ!」

「別に出さんでいい」

「ど、どうしてもって言うなら、今から家庭科室でもう一品作ってくるけど……」

「出るのかよ。そこまでせんでいい」

「じゃ、じゃあ、なに？　なにを企《たくら》んでいるの……？　か、体とか要求されても、さすがに無理だから……」

両腕で身を守って後じさる朱音。怯《おび》えた小動物のように睨《にら》み上げてくる。

「誰が要求するか！」

才人は他の生徒に聞かれていないかと冷や冷やした。

「とにかく、特売は行くわ。この前の屈辱を晴らさなきゃいけないもの」

「俺たち、ボコボコにされたもんな」

スーパーの特売にかける主婦たちの情熱は恐ろしく、学生夫婦では太刀打ちできなかった。とはいえ、あれから朱音との関係が改善された気もするから、敗北も悪いことばかりではないのかもしれない。

朱音の双眸《そうぼう》に紅蓮《ぐれん》の炎《ほのお》が灯《とも》る。

「許せないわ……今度こそ、どんな手段を使っても勝ってみせるわ……」

「手段は選ぼうな」

「ええ、心配しなくても大丈夫よ。……マキビシと蜂の巣、どっちが効くかしら」

「市街地でゲリラ戦はやめろ」

心配しかなかった。さすがに言葉の綾《あや》だろうが、冷静さを失った朱音はなにをするか分からない。

「才人も手伝うのよ。放課後、裏門で待ち合わせよ」

「まさかお前に放課後誘われる日が来るとは……」

焦る朱音。

「へ、変な言い方しないで！　ただの買い物だから！　生活ひちゅじゅひんだから！」

「必需品もちゃんと発音できていないぞ」

「う、うるさいっ！　ちょっと舌を噛《か》み切っただけよ！」

「噛むのはともかく噛み切るのはやばい」

才人《さいと》は慄然とする。

そうしているあいだに、二人は3年A組の教室の近くに来ていた。

朱音《あかね》は入り口のドアに手をかけ、才人の方を振り向く。

「この先は他人のフリ！　結婚してることは絶対ヒミツよ！」

小憎らしく舌を出し、肩をそびやかして教室に入っていく。あいかわらず人に懐こうとしない野良猫みたいだ。

けれど最近、才人は大嫌いな女子との結婚生活が、満更でもなくなっているのを感じていた。


昼休み。

才人が自分の机で弁当を広げていると、糸青《しせい》が駆け寄ってきた。

「兄《あに》くん、おなかすいた。弁当、全部ちょうだい」

「いきなりお前はとんでもない要求をするよな」

呆《あき》れる才人に、うなずく糸青。

「一切の躊躇《ちゅうちょ》がない」

「それは分かる」

「罪悪感もない」

「それも分かる！」

卵焼きを奪おうとする糸青の両手を才人が掴《つか》み、弁当箱に近づかせまいと防御する。

押し合いする二匹の野獣。ここは戦場である。

「このままではシセが餓死する。兄なら妹に食糧を供給するのが義務」

「どうせ朝メシも死ぬほど食ってきてるだろ！」

「どんぶり飯三杯食べた」

「ほら俺より食ってる！」

「それとこれは別」

「別じゃねえ！　お前も家から弁当持ってきてるだろ？」

糸青の桁外れな食欲は、親も理解している。万が一にも糸青が食べ物に釣られて知らない人についていったりしないよう、きちんと食事は用意しているはずだ。

「持ってきてる。でも、シセが食べてみたいのは、その愛妻むぐぐ」

愛妻弁当、と口走りそうになった口を才人《さいと》は手の平で塞ぎ、流れるような動作で糸青《しせい》を羽交い締めにした。

糸青は才人の膝に座り、むふーっと満足げに鼻息を漏らす。

才人は糸青の耳元で声を潜める。

「そういうこと言うなって言ったろ！」

「なんのことやら。シセは記憶力が悪い」

「嘘《うそ》つけ……」

北条《ほうじょう》家の一員である以上、糸青の頭が悪いわけがないのだ。

数学のテストは常に満点だし、試験開始五分で解き終えて昼寝している。昼寝ならまだしも、テスト中にメロンパンを食べ始めたときは、どうしようかと思った才人である。

糸青が膝の上で才人の方を向き、ちんまりと握った手を口元に添える。

宝石のような瞳を潤ませ、愛くるしくささやく。

「お、に、い、ちゃん……シセ、ごはん食べたい」

糸青、渾身《こんしん》のおねだりポーズである。

「くっ……」

従妹《いとこ》の人間離れした美貌に慣れている才人も、さすがにたじろぐ。

免疫のないクラスメイトたちは、一瞬で精神を破壊される。

「もう全部あげろよ！」「独り占めなんて、才人《さいと》くんは極悪非道の鬼畜だよ！」「ちょっとぐらい食べさせてあげなよー」「糸青《しせい》ちゃん、かわいそー！」

男女かかわりなく、教室中から非難の嵐。

なぜ自分の弁当を守っただけでここまで叱責《しっせき》を浴びなければならないのか、才人には理解できない。糸青が皆に見えないようピースサインをしているのが腹立たしい。

才人としても普段なら糸青と料理をシェアすることに抵抗はないのだが、これは飽くまで朱音《あかね》が才人のために作ってくれた弁当なのだ。

しかも朱音が自分の席から、才人の方をちらちらと見ている。

もし才人が糸青に手作り弁当を渡してしまったら、帰宅後にどんな戦場が待っているか分からない。自宅ではなるべく平和に暮らしていきたい。

「仕方ない……一口だけなら……」

いいよな？　というメッセージを込めて才人が目配せすると、朱音はきょとんと首を傾《かし》げる。まったく伝わっている気配がない。夫婦の以心伝心など存在しない。

才人が困っていると、陽鞠《ひまり》が弁当箱を覗《のぞ》き込《こ》んだ。

「あれ？　才人くんの弁当……朱音と同じじゃない？」

「「……!?」」

凍りつく才人と朱音。

才人は頬《ほお》が引きつるのを感じながらも、努めて冷静を装う。

「な、なにを言っているんだ？　そんなこと、あるわけないじゃないか……目の錯覚では？　砂漠で蜃気楼《しんきろう》が見えたりするアレだ」

「見間違いじゃないよー。おかずの並べ方とか弁当箱の大きさは違うけど、入ってるものはまったく同じだよ？」

陽鞠は才人の机に両手を乗せて、じーっと弁当を見つめる。

色めき立つクラスメイトたち。

「ホントだ！」「ひまりんすごーい！」「どういうこと？」「まさか桜森《さくらもり》さんの手作りとか？」「やっぱり二人って付き合ってるの？」

大勢の視線が突き刺さり、朱音は首まで紅潮させて叫ぶ。

「つ、つつつ付き合ってないわ！」

「そうなの？　でも、顔が真っ赤になってるよ？」

不思議そうな陽鞠。他のクラスメイトたちもざわついている。

「これは生まれつきよ！」

「生まれつき真っ赤だったら大変だよ!?　てゆーか、いつもはそんな赤くないし！」

「か、返り血を浴びたのよ……ちょっと……罪を犯してきたから……」

「私もついてってあげるから自首しよ!?　今なら罪も軽いから！」

陽鞠《ひまり》は朱音《あかね》の手を握り締めて説得する。

親友の鑑《かがみ》だ……と才人《さいと》は改めて思うが、感心している場合ではない。追い詰められた朱音は、パニックでなにをしでかすか分かったものではない。

「とにかく！　私たちは！　断じて！　付き合ってないわ！」

机に手を叩《たた》きつけて主張する朱音。

「あ、ああ。それだけは間違いない」

才人も保証する。

——結婚はしてるけど！

二人のあいだに色恋沙汰はないし、やましいことは欠片《かけら》もない。

夜の営みどころかキスもないし、好意だってない。

二人はただ、結婚しているだけなのだ。

「でもな〜、怪しいな〜」「北条《ほうじょう》と桜森《さくらもり》って、元から夫婦みたいだしなー」「お揃《そろ》いの弁当が証拠だよね〜」

クラスメイトたちは追及の手を緩めない。

「こ、これはだな……」

学年一の頭脳で華麗なる弁論を繰り広げようとした才人は、持ち上げた弁当箱がやけに軽いことに気づいた。

見れば、弁当箱の中身は空っぽになっている。

才人の膝の上で、ほっぺたをリスのように膨らませた糸青《しせい》が、もぎゅもぎゅと口を動かしている。

犯人はまだ遠くには行っていない、と才人は確信した。

「一口だけって言ったろ！」

「もぎゅぎゅ？　もぎゅぎゅもぎゅぎゅ！」

「行儀が悪いから食べ終わってからしゃべりなさい！」

「もぎゅ……」

糸青は頬袋《ほおぶくろ》いっぱいの料理を呑《の》み込《こ》み、才人から水筒のお茶をもらって飲み干すと、ぷはーっと息をつく。

「一口で全部食べた」

「化け物か！」

「人知を超えた存在だということは否定しない」

「マジか……」

とはいえ物心ついたときから糸青と共に育っている才人は、彼女が人間だと重々承知している。

糸青は才人にささやく。

「感謝してほしい。兄《あに》くんのため、証拠隠滅してあげた」

「本当か……？」

「うそ。食べたかっただけ」

「だと思った」

救われたのは事実なので、才人《さいと》は糸青《しせい》の頭を撫《な》でておいた。


昼食を終えた才人と朱音《あかね》は、クラスメイトの目を逃れ、空き教室に飛び込んだ。

二人だけの緊急集会。今後の対策を速やかに立てなければ、学校生活が危うい。

朱音は教卓に肘を突いて頭を抱える。

「うかつだったわ……。念のためおかずの並べ方は変えておいたんだけど、見破られるなんて……。陽鞠《ひまり》って、昔から妙に勘がイイのよね……」

「意外と頭脳派だな。ガリ勉の朱音がつるんでいるだけはある」

「ガリ勉ゆーな！」

涙目で抗議する朱音。

「とりあえず、一緒に住んでいるのがバレるのはまずいな」

「結婚しているのがバレたら大騒ぎよ。内申もどうなるか分からないわ」

「不純異性交遊ではないし、事情を家から説明してもらえば、内申はなんとか……」

朱音は教卓に額を叩《たた》きつける。

「無理よ！ 他の生徒に示しがつかないって言われて退学になるかもしれないわ！ あんたと結婚してると知られるなんて、私のプライドが許さないし！」

「すごいこと言うな、お前」

才人のプライドは多少のダメージを受けた。

「弁当の中身については、二人とも同じ冷凍食品を詰めたせいで被《かぶ》ってしまった、ということで口裏を合わせよう」

「私、そんな手抜きはしてないわ」

朱音は口をへの字にした。

「他に言い訳のしようがあるか？」

「才人が私の家に忍び込んで弁当を盗み出した、とかでいいんじゃないかしら？」

「良くない。俺が逮捕される」

「これも人生経験と思って」

「思えるか。前科がついたら面倒だし、退学になるだろ」

しかも罪状がしょぼすぎて逆に恥ずかしい。

「だったら、才人と私が料理の修業をした流派が同じだった……とかは？」

「流派ってなんだ、俺はそんな本格的な料理は作れないぞ」

「桜森朱音《さくらもりあかね》流よ！」

「名前でバレてる。俺がお前に教わった感じになってる」

朱音が目を輝かせる。

「あんたが私の弟子……つまり私の下……いいわね！」

「良くない。権力欲に駆られて目的を見失うな」

そもそも言い訳というのは、シンプルであるほどボロが出づらいものだ。凝った演出をすると辻褄《つじつま》合わせが難しくなる。

「あと、しばらく昼メシは学食にしよう」

「私の弁当が食べられないって言うの!?」

俺の酒が飲めないのか！　みたいなノリだった。

「今日のことで、俺たちの弁当を意識するようになったヤツがいるはずだ。二度、三度と同じおかずが入っていたら、さすがに誤魔化《ごまか》しきれない」

「才人《さいと》の弁当だけぐちゃぐちゃに掻《か》き混《ま》ぜたらいいんじゃないかしら？」

「お前はそれでいいのか」

「料理を粗末にされたら怒るわ」

「怒るなら提案するなよ！　やっぱり学食が無難だ」

「まあ……仕方ないわね。でも、栄養のないメニューはダメよ？ 学食でも、ちゃんと一汁三菜の定食を選んで、体を壊さないようにしなさい」

朱音は人差し指を立てて言い聞かせる。

「お前は俺の母親か」

苦笑する才人。

「は、母親じゃないわ！ 同居人が体調を崩したら、迷惑するのは私でしょ!?」

「ああ、確かにお前が熱を出したときは大変だったな」

皮肉っぽく言ってみると、朱音はしまったという顔をする。

「うっ……つ、つまり、そういうことよ！ お互い迷惑をかけないためにも、体調管理はしっかりやらないといけないの！ 分かった!?」

破れかぶれの上から目線である。

「最悪なのは、俺たちの家をみんなに突き止められることだな。同じ家に暮らしているのを目撃されたら、弁解のしようがない」

「買い物も、なるべく遠くのスーパーを使った方がいいわね。持って帰るのが大変になっちゃうけど……」

話し合っていると、廊下から足音が聞こえた。

出入り口のドアが無造作に開けられる。

「「……………!!」」

ついさっき関係を疑われたばかりで、密会の現場を押さえられたらアウトだ。

才人《さいと》と朱音《あかね》は教卓の下に転がり込んだ。押し合いへし合い、どうにか身を隠す。

「机、いくつ運んだらいいんだっけ?」「八つじゃない?」「もっと欲しいって言ってた気がするけどなー」「ちょっと先生に聞いてみる」

言葉を交わしながら、空き教室に入ってきた生徒たちが歩き回っている。すぐに立ち去ってくれそうな様子ではない。

息を潜める、才人と朱音。教卓の下が狭すぎて、まともに身動きも取れない。

片膝を突いた朱音に、才人が抱かれるような体勢。

激しく上下する彼女の胸が、才人の顔に押しつけられている。

甘酸っぱい香りが鼻腔《びこう》を直撃する。

「ちょ、ちょっと……もう少し離れなさいよ……」

「無茶《むちゃ》言うな……」

恥ずかしそうにささやく朱音。

才人も頭に血が上るのを感じる。

「く、くすぐったっ……しゃべらないで……」

「お前もしゃべるな……」

黙らせようとしているのか、朱音が制服の袖で才人の頭を抱きすくめる。そのせいで余計に二人の距離が縮まり、少女のやわらかな感触が才人を責め苛《さいな》む。

聞こえるのは、朱音の切なげな吐息、そして駆け足のような鼓動。いや、うるさく響いているのは、才人自身の鼓動かもしれない。

この学校の誰も、天敵同士の才人と朱音がこんなところに二人でいて、こんなふうに寄り添っているなんて、想像もしないだろう。

本人である才人でさえ現実感が薄くて、まるで夢の中にいるような気がする。その夢が悪夢というほど不愉快ではないのも、意外だった。

「教卓も運ぶんだよね？」

生徒の声がして、才人と朱音は身をこわばらせた。

――まずい。

この状況を目撃されるのは、本当にシャレにならない。

クラスメイトだったら「やっぱり付き合ってるじゃん！」と騒がれるし、たとえ他のクラスの生徒だったとしても噂《うわさ》はたちまち学校中を駆け巡るだろう。

「ど、どうしよ……？」

朱音が心細そうな声を漏らした。

「どうしよって言われても……」

普段は冴《さ》えている才人《さいと》の頭も、砂糖で覆われたように鈍くなっていて、上手《うま》く働かない。

近づいてくる足音。

緊張に身を寄せ合う才人と朱音《あかね》。

もう終わりかと思ったとき、他の生徒が言った。

「教卓は重いから、隣のクラスのを借りようよ」「あ、そうだな」「行こ行こ！」

出入り口のドアが閉められ、生徒たちの足音が遠ざかっていく。

なんの物音も聞こえなくなってから、才人と朱音は教卓の下から這《は》い出《だ》した。

「はあ……はあ……ひ、ひどい目に遭ったわ……」

両手で頰《ほお》を抱えて息を整える朱音。

才人も全身が熱くて仕方ない。シャツの襟元を緩め、手の平で風を入れる。

顔を合わせるのも気まずくて、互いに背を向けて話す。

「い、一緒に教室を出るのはまずいな」

「え、ええ。私は廊下の方に出るから、才人は窓から出て」

「ここ四階だからな！」

「ジャンプでどうにか……」

「どうにもならん。潰れる」

「私が跳ぶの!?」

「跳ばなくていい。先に教室に戻っておいてくれ。時間差で俺も行く」

「わ、分かったわ！　また後でね！」

朱音は空き教室を駆け出した。


また後でね、なんて朱音から言われたのは、初めてかもしれない。

平常心を失っていたせいかもしれないが、再会を想定した挨拶。二度と会いたくないと思っていた二年間の学校生活とは大違いだ。

才人は意外に感じながら、空き教室を出た。

念のため遠回りをして自分の教室に向かっていると、階段の踊り場で陽鞠《ひまり》に出会った。

「あ、才人くん」

軽やかな足取りで、陽鞠が階段を駆け下りてくる。

最後は二段飛ばし、ふわりとスカートを膨らませて才人の前に着地する。

「階段で走ると転げ落ちるぞ」

「だいじょーぶ！　そのときは才人くんがキャッチしてくれるから！」

「巻き込むな。俺は全力で回避する」

「ひどーい！　そんなんじゃ女の子にモテないよ？」

「モテる必要はない」

「あはは、才人《さいと》くんらしいね」

陽鞠《ひまり》は腰の後ろで手を組んで、朗らかに笑う。

朱音《あかね》の親友である彼女は、一年の頃からなにかと才人に絡んでくる。とはいえ、朱音のようにケンカを売るわけではなく、他愛《たあい》もない雑談ばかりだから、才人も気楽だ。

「そういえばさー……」

陽鞠が思い出したように言う。

「才人くんのお弁当、本当に朱音に作ってもらったわけじゃないんだよね？」

ぎくりとする才人。表情には出さず、冗談めかして肩をすくめる。

「似たような冷凍食品を使っただけだろ？　まあ、アイツが俺の真似《まね》をしたという可能性も考えられるがな」

「……本当に？」

珍しく真剣な口調で、陽鞠が問いかける。

才人の間近に顔を寄せ、わずかな迷いも見逃すまいとするかのように。

日本人離れして高い鼻筋が、才人の鼻先に触れてしまいそうな距離。大人っぽい香水の匂いが、彼女の熱気に混じって漂ってくる。

「……本当だ」

「付き合って……ないよね？」

じっと見つめる瞳が、揺れている。

落ち着かない思いに、才人は唾を飲んだ。

「……当たり前だ」

「……そっか。そっかそっか。だよね！　うんうん！」

しきりにうなずく陽鞠。

大きく息をつくと、弾むような動作で才人から後じさる。

「ごめんね、変なこと聞いて！　みんなの誤解は私が解いておくから！　じゃあね♪」

陽鞠は照れ笑いして去っていく。

人気者の陽鞠が言うことなら、クラスメイトたちも信じてくれるだろう。

これで平和な日々が戻ってくると、才人は安堵《あんど》した。

もしゃ
もしゃ
な
なにを食べている…!?
がしっ
これはオオバコ！食物繊維が豊富でダイエット食品として用いられ整腸や咳止めの効果もある薬草じゃないかぁ！
さすがだ!!
ドヤァ…
イケるな…
でりしゃす…
才人くん…
ドキドキ…
草好きなんだ…

第二章 『親友』

episode2

小洒落《こじゃれ》たカフェの天井で、木製のファンがゆっくりと回っている。

テーブルのメニュー表は手書きで味わい深く、壁の棚に飾られた雑貨が目を楽しませる。

たまに来客が鳴らすドアベルの音を除けば、喧噪《けんそう》とは無縁の空間。

その店内で、朱音《あかね》は陽鞠《ひまり》とお茶を楽しんでいた。

足下には学生鞄《かばん》。クロテッドクリームと苺《いちご》ジャムを載せたスコーンをかじり、苺のフレーバーの紅茶を飲む。大好きな親友と過ごす至福の時間だ。

だがその平穏は、突然の質問に破られた。

「朱音って、才人《さいと》くんのこと、好き？」

「……!?」

紅茶を噴き出す朱音。けほんけほんと咳《せ》き込《こ》み、陽鞠に背中をさすられる。変なところに入ってしまったらしく、涙まで滲《にじ》んでくる。

「大丈夫？」

「だ、大丈夫、だけど……急になに？」

「聞いておきたいなーって。才人くんのこと、どう思ってる？」

「ど、どうも思ってないわ！　好きとか絶対あり得ないし！　アイツさえいなければ、私は学年トップになれるんだし！」

「なるほどー」

「なんでそんなこと聞くの？」

朱音《あかね》は首を傾《かし》げた。

陽鞠《ひまり》は紅茶のカップを手の平で抱えてうつむく。ささやきが唇から漏れた。

「私、ね。その……才人《さいと》くんのこと、好き、なんだ」

「えっ……」

予想もしなかった言葉に、朱音は一瞬固まってしまう。

冗談でも言っているのかと思ったが、そういう様子でもない。いつも元気いっぱいな陽鞠が、今日は別人のようにしおらしく、耳を真っ赤にして唇を噛《か》んでいる。こんな陽鞠を見るのは初めてだった。

「あ、あんなヤツ、どこがいいの？」

「……ぜんぶ」

朱音が困惑していると、陽鞠は恥ずかしそうに答える。

「全部嫌なとこしかないじゃない」

「いいところ、いっぱいあるよ！」

「そうかしら……。騙《だま》されてるんじゃないかしら？」

「騙されてないよ！」

陽鞠を才人の魔の手から救ってあげなければ、と朱音は心配になった。

一年のときから才人にはイライラさせられっぱなしだし、あの男を好きになる子がいるなんて信じられない。しかも、よりにもよって自分の親友が。

「才人くんってね、すっごく格好《かっこ》いいんだよ」

少しムキになったように、陽鞠が口を尖《とが》らせる。

「格好いい……？　目が腐ったの……？」

朱音は腕利きの眼科医を探そうと決意した。

「腐ってないよ！　見た目の話じゃなくて、あっ、もちろん見た目も格好いいんだけど、中身はもっと格好いいの」

「なかみ……？」

朱音は才人の着ぐるみから他の何者かが出てくるのを想像した。

「体育大会の準備してるとき、友達が日射病で倒れちゃったことがあってさ。保健室の先生も見つからなくて、みんなパニックになってたのに、才人くんだけは落ち着いてたの」

陽鞠は紅茶のカップに砂糖を入れ、ティースプーンでくるくると掻《か》き混《ま》ぜる。

「すぐ友達を日陰に運んで、みんなに指示を出して手当てをさせて、連絡先も調べて親に迎えに来させて……普段は静かな方なのに、そのときだけは王様みたいな感じで、格好良かったんだぁ」

「……俺様なだけじゃない？」

「そこがいいんだよー、他の男子と違って頼もしくて」

「まあ……」

分かるけど、と朱音《あかね》は内心でつぶやく。

朱音が高熱を出したときも、才人《さいと》はまったく慌てなかった。淡々と看病をして、病院までお姫様抱っこで運んでくれて……その腕に揺られていたとき、頼もしいな、と感じてしまったのは否定できない。

「私、自信なんて全然ないからさ、自分に完璧な自信がある才人くんには憧れちゃうよ」

「憧れ……」

それも、分かる。

目の上のたんこぶとして立ちはだかる学年一位の才人は、朱音にとって眩《まぶ》しい壁でもあった。高熱のときに漏らした言葉は、ただのうわごとではない。あの壁に追いつき、打ち砕くのが、高校に入ってからの朱音の目標だったのだ。

陽鞠《ひまり》がテーブルに身を乗り出して熱く語る。

「あとねっ、あとねっ、才人くんって意外と優しいんだよ！　普段はそっけないのに、私が落ち込んでるときは気づいて『元気か？』って聞いてくれたりして！ なんかキャンディーとかくれたこともあって！ どうしてそんなの持ち歩いてるのか分かんないんだけど、甘かったなぁ……」

幸せそうに目をつむる陽鞠に、朱音は身じろぎする。

分かるのだ、才人が気配りのできる人間だというのも。

朱音さえ覚えていなかった文集の内容を覚えていて、朱音の好物をお土産に買ってきてくれて。彼はズボラだけど、人の心を踏みにじる男ではない。

「陽鞠は……才人のいいところ、いっぱい知ってたのね」

「うん！」

朗らかにうなずく陽鞠。

朱音が結婚して初めて知った才人の長所を、陽鞠はずっと前から知っていたのだ。

ちょっと悔しいな、と感じてしまい、朱音は視線を落とす。

なぜ自分が悔しいと思うのかは、分からない。心の奥に、小さな木のトゲのような、ほんの少しの違和感。それを朱音は、紅茶と一緒に飲み干す。

陽鞠が口元を手の平で覆って声を潜める。

「あと、才人くん以外の男子は、しょっちゅう私の胸をちらちら見てくるんだけど……」

「そうなの!?」

朱音《あかね》はぎょっとした。

「めっちゃ見るよー、ガン見だよ。人と話すときは目を見て話さなきゃいけないのに、失礼だよねー」

「そういう問題じゃないわ！　セクハラよ！　性犯罪者はクラスまとめて抹殺しないと！」

「それは朱音の方が重い罪になっちゃうよ！」

「面会に来てくれるわよね？」

悲壮な覚悟を宿す朱音。

「いざとなったら面会は行くけど！　男子なんだから、女子の胸が気になるのはしょうがないよ」

「私はちらちら見られたことなんてないけど……」

自分の控えめな胸と陽鞠《ひまり》の母性的な胸を見比べ、朱音は複雑な気持ちになった。

「でもね、才人《さいと》くんは違うんだ。えっちな目で見てきたことはないし、水泳のときだってちらっとも見てこないの。大人の余裕って感じで、いいよねー！」

「才人はそんな聖人君子じゃないわ……油断してたら死ぬわよ」

「死ぬの!?　私になにが起きるの!?」

「見てないフリが得意なだけで、絶対見てるはずよ！　一日中、陽鞠の全身を舐《な》め回《まわ》すように見ているに違いないわ！」

とはいえ、朱音は才人が結婚してから一度も手を出してきていないのを承知している。

眠っているように見せかけて、才人が襲ってくるかどうか確かめようとしたこともあるけれど、才人は朱音に見向きもせず、本を読んで水を飲んで爆睡した。朱音もセクハラされたいわけではないが、眼中にないのもプライドが傷つく。

きっと、あの男には性欲がないのだ。もしくは、常にくっついている糸青《しせい》が美しすぎるせいで、美的感覚が壊れているのかもしれない。

陽鞠が頬《ほお》を染めてつぶやく。

「まあ、才人くんになら、見られてもいいけど」

「本気なのね」

「ん」

こくりと、うなずく。

「そう……」

色恋沙汰なんて、遠い世界の出来事。テレビや映画の中ではあるけれど、自分たちには関係ないと思っていた朱音は、足元が揺らぐのを感じる。

陽鞠がもじもじと指をいじる。

「それでね……朱音は才人くんと仲いいし、協力してもらえたら嬉《うれ》しいなって」

「な、仲良くないわ！」

「距離が近いって言ったらいいのかな。才人《さいと》くんとたくさん話してるのって、糸青《しせい》ちゃん以外だと朱音《あかね》くらいだし」

「話しているというか、怒っているだけよ？」

「お願い！　才人くんと両想《りょうおも》いになれるように協力して！」

手を合わせる陽鞠《ひまり》。

「えっと……」

朱音は口ごもった。

拒む理由はない。才人と結婚していても、それは形だけのもの。お互いの夢を叶《かな》えるため、仕方なく同居しているだけなのだ。

二人のあいだに恋はなく、愛もない。

最近は徐々に過ごしやすくなってきたけれど、やはりケンカは絶えない。

朱音が才人を好きになる未来が考えられない以上、恋愛は彼の自由にさせるべきだ。

なにより、朱音は親友の陽鞠に悲しんでほしくなかった。

「分かったわ。協力する」

「ありがとー！　朱音大好き！」

陽鞠が大喜びで朱音に飛びついてくる。

やわらかくて、心地良い抱擁。

ずっと昔から寄り添ってきた親友のためなら、朱音はなんだってやれる。

「具体的には、なにをしたらいいのかしら？　恋愛はよく分からないから、どう手伝ったらいいかも分からないんだけど」

「まずは、才人くんの情報がいろいろ欲しいな！　好きなものとか、嫌なこととか、趣味とか、才人くんのことなら全部知りたい！」

「どうしてそんなこと知りたいの？」

朱音は眉をひそめる。

「仲良くなるのに役に立ちそうだから……っていうのもあるけど、好きな人のことならなんでも知りたくなっちゃうでしょ？」

「ふうん……？　そういうものなのね……？」

「そういうものだよ！　朱音はお子ちゃまだから分かんないかもしれないけど♪」

からかうように言われ、朱音は反論する。

「お、お子様ではないわ！　カレーの辛口も普通に食べられるし！」

「辛口で誇らしげにしているのがお子様なんだよね〜。そこは激辛行かないと！」

「げ、激辛はちょっと……」

それはまだ早すぎる。

陽鞠が期待に目を輝かせる。

「才人《さいと》くんの情報、朱音《あかね》はいっぱい知ってるでしょ？　毎日いっぱいしゃべってるし」

「あら……？」

訊《き》かれて初めて、朱音は気づいた。

一緒に暮らしていても、自分は才人のことをほとんど知らないと。


自宅のリビングで読書をしていた才人は、殺気を感じてぞくりとした。

――なんだ、この感じは……？　何者かに、見られている……？

すぐさまソファから腰を浮かして見回すが、誰もいない。

静まりかえったリビング。カウンターを挟んだオープンキッチンから、水の滴る音だけが聞こえている。才人が水を汲《く》んだときに閉め方が緩かったのだろう。

――めんどくさいし、放っておこう。

そう思って読書に戻るが、再び鮮烈な殺気が襲ってくる。

嫌な予感がした才人は、立ち上がって蛇口を閉め直した。

水道代がもったいないでしょ！　と帰宅した朱音に怒られる未来は避けたい。自宅ではのんびり暮らしたい。

ソファで読書を再開する才人。

だが、いつまで経《た》っても殺気は消えない。

少しずつ、少しずつ、濃くなっている感じさえする。

殺気が背後に忍び寄り、才人が意を決して振り返ると。

「…………………」

朱音が殺し屋のような目で立っていた。手にはペンを握り締め、その鋭い切っ先が禍々《まがまが》しい光を放っている。

「な、なにをしている……？」

「気にしないで、自分の生活を続けなさい」

朱音は一切の感情を窺《うかが》わせない声で告げる。

「いや気になるだろ！」

「それを気にしないで普段通りの生活を送るのが、あんたの仕事よ」

「仕事ってなんだ！」

「動物園のプロの猿も、大勢のお客さんに見物されても恥ずかしがらず、普段通り生きているでしょ。あんたもプロの猿としての誇りを持ちなさい」

「俺はプロの猿じゃないからな！」

「アマチュアの猿なの？」

「まず猿ではない！」

脅威を覚えた才人《さいと》はリビングを脱出した。

――アイツ、後ろから俺をペンで暗殺するつもりだったのか……？

まさかとは思うが、可能性がゼロとは言い切れない。

少し心の距離が縮まったと安堵《あんど》していたのは、自分の思い込みだったのだ。朱音《あかね》は才人を油断させるため、態度を和らげたフリをしていただけだったのだ。

――なんという策士……！

この家はやはり戦場、隙を見せたら首を獲《と》られる。

才人は改めて警戒を引き締めた。

無防備な共有空間にいるわけにはいかないので、自分の勉強部屋に引きこもる。もちろん勉強なんてするはずもなく、しっかり施錠して趣味の読書に耽《ふけ》る。

しかし、またもや殺気。

才人は急いで部屋の中を見回した。

朱音はいない。

才人は机の下やクローゼットの奥まで確かめるが、朱音がいるはずもない。引っ越したときから、たとえ掃除のためといえど、彼女は才人の勉強部屋に足を踏み入れようとしないのだ。

けれど、殺気はなくならない。

朱音《あかね》が、見ている。

——いったい、どこから……？

途方に暮れた才人《さいと》が、ふと視線を窓の外にやると。

路上に立った朱音が、双眼鏡を構えて才人の勉強部屋を覗《のぞ》いていた。

ご丁寧にフードを目深に被《かぶ》り、口元をスカーフで覆って顔を隠しているが、不審者らしさが増すだけで無意味。髪に編み込んだリボンが見えている。

才人は無言でカーテンを閉じた。

——嫁にストーカーされているんですが、どうしたらいいですか!?

などと警察に相談しようかと考えるが、恐らく相手にされないだろう。まずもって本当にストーキングなのかも分からない。

朱音の気持ちがちょっとは理解できるようになった気がしていたが、それは完全に驕《おご》りだった。

——コイツは永遠に理解できない！

痛感しながら、才人は夕食の時間を迎えた。

「どうしたの？　冷めちゃうから早く食べなさい」

促す朱音は、自分の食事に手をつけようともせず、才人に向かってスマートフォンを構えている。

「……それ、撮影してるよな？」

「ええ、撮影しているわ」

「肖像権の話をしようか」

「これはホームビデオよ。法律が介入する余地はないわ」

「俺の最後の晩餐《ばんさん》を撮影しようとしてるのか!?　そのビデオを暗殺の証拠として諜報機関《ちょうほう》に送ろうとしてるんだろ!?　そうしたらお前の口座にギャラが振り込まれる、そういうことだろ!?」

　才人は疑心暗鬼で陰謀論に陥っていた。

　朱音はテーブルにスマートフォンを置いて眉をひそめる。

「なにを言っているかまったく分からないわ。大丈夫？」

「こっちこそお前の狙いがまったく分からん！」

「分からなくて結構よ。ほら、食べて。あんたの食事中の瞬《まばた》きの回数を計測しないといけないから」

「もしかして、ずっと俺を観察しているのか……？　なんのために……？」

「それは……その……」

　困ったように、朱音の視線が泳ぐ。

「理由なんて、才人の口が裂けても言えないわ！」

「なんで俺の口が裂けるんだよ！」

「ささささて、どうしてかしらね……うふふ」

じっとりとした暗黒の笑顔が怖かった。才人《さいと》はナイフとフォークで戦闘態勢を整えた。

撮影を諦めたのか、朱音《あかね》も夕食のハンバーグを食べ始める。まるで才人の口を切り裂くかのようにハンバーグを切り裂き、口に運んで噛《か》み砕《くだ》く。

息詰まる沈黙、恐るべき緊迫感。才人はまともに食事が喉を通らない。

どうにか水でハンバーグを押し込んでいると、朱音が沈黙を破った。

「……胸は、大きい方が好きかしら？」

「!?」

才人は耳を疑った。

「む、むね……？　その質問の意図はなんだ……？」

朱音が頬《ほお》を燃やす。

「特に深い意味はないわ！　ただの雑談よ！」

「そんな衝撃的な質問をしておいて、意味がないわけあるか！」

さすがに抗議せざるを得なかった。

朱音は深々とため息をつく。

「じゃあ、質問を変えるわ。バストのサイズは、AからZ、どれが好き？」

「あんまり変わってない！　というかZなんてあるのか」

もはや最終兵器の響きだった。バストだけで人が殺せそうだ。

才人は返答に悩む。

朱音のサイズを好みだと告げて嫁の機嫌を取るのが、家庭円満のためには正しいのかもしれない。

しかし、朱音が「私のこと、えっちな目で見てたのね!?」と激怒する危険性もある。

かといって朱音より小さなサイズを申告しても、「……ろりこん」とゴミを見るような目で見られるかもしれないし、大きなサイズを伝えても「……まざこん」と汚物を見るような目で見られるかもしれない。

——俺はっ……どうしたら……いいんだ……ッ!?

才人は答えの出ない難題に頭を抱えた。

「優柔不断ね。男ならすぱっと決めなさいよ」

テーブルでのたうち回る才人を、朱音がゴミを見るような目で見ている。結果として好感度は大幅に下がっている様子だ。

「だったらお前は即答できるのか!?」

才人は朱音を睨《にら》み据《す》える。

「私は陽鞠《ひまり》みたいに大きい方が好きよ。包まれていると安心するもの」

「くっ……いいよな、女子はなにを言ってもセクハラにならなくて！」

同じことを男子の才人《さいと》が言ったら、朱音《あかね》は夕食をテーブルごと粉砕し、才人の発言は陽鞠《ひまり》に暴露され、たちまち噂《うわさ》が学校中を駆け巡って社会的な死を招くだろう。

「えっと……それじゃあ……、才人は、どういうタイプの女の子が好き？」

「は……？」

バストの好みに勝るとも劣らないくらい、予想外の問いだった。

朱音は恋バナに花を咲かせるような性格ではないし、ましてや才人とそういうことを語り合ったりはしない。二人のあいだには、なんの色恋も存在しないのだから。

だが、今の朱音は赤面し、才人と目も合わせずに答えを待っている。膝に手を乗せ、気恥ずかしそうに身じろぎしている。

——俺に興味があるのか……？

いやまさか、と才人は一瞬浮かんだ考えを振り払う。

朱音に限って、その可能性はない。才人と朱音は天敵なのだ。二年間争ってきた高校生活を忘れてはいけない。

「そうだな……特に好みというのはないが……」

「女ならなんでもいいのね」

「それは語弊がありすぎる！」

「だって人間じゃなくても平気なんでしょ？　グッピーとか」

「グッピーを女性として見るのは無理だ！」

　朱音が眉尻を上げる。

「失礼ね。グッピーが傷つくわ」

「グッピーは傷つかないだろ！」

「周りには笑顔だから心が強いと思われていても、実は繊細だったりするのよ？」

「魚類の話だよな……？」

　才人は自信がなくなってきた。差別は良くないことだと分かっているけれど、グッピーに感情移入するのは難しい。

「じゃあ、食べ物はなにが好き？」

「好物か？　ステーキとか、寿司《すし》だな。イクラがたっぷり載った海鮮チラシも好きだ」

「学生のくせに贅沢《ぜいたく》ね」

「自分で行けるわけじゃない。じーちゃんによく連れて行かれるんだ」

　祖父と来たら、あの年で孫より食欲があるから侮れない。店に入るなり五百グラムのステーキを注文して、あっという間に平らげてしまう。

「おじいちゃんと仲いいのね」

「仲良くはない。断ろうとしても断れないだけだ」

「本当は好きだから？」

朱音《あかね》がイジワルに目を細める。

「気持ち悪いことを言うな。無理やりにでも引きずって行かれるからだ。小学校の卒業式の後も、俺は本を読みたかったのにいきなりヘリに引きずり込まれてな……」

「……殺されたの？」

「今ここで生きてるだろ！　なんか別荘に誘拐されて、卒業記念パーティを開かれた」

「めちゃくちゃ愛されてるじゃない！」

「愛ではないだろ、あれは……。一週間ぐらいパーティばっかり付き合わされて、まったく読書する暇がなかったんだぞ……」

耐えがたく退屈な日々を思い出し、才人《さいと》は身震いする。

祖父の知人や部下、その子供たちに紹介されては世間話を強要された無駄な時間。

——ああ、でも……楽しいときもあったな。

長い髪の似合う、可憐《かれん》な少女。

一目見て惹《ひ》かれて、その子しか目に入らなくなって、夢中で話し込んだ。

彼女の仕草、立ち姿、匂い、はにかむときの表情、声の響き、すべてに胸が高鳴った。

その子も才人を気に入ってくれたらしく、天使のような笑顔を向けてくれた。

だが、珍しく我を忘れていたせいで、才人は名前を訊《き》くのも忘れていた。

あの子は今、どこでなにをしているのか。

恋と呼ぶには淡い、幼き頃の想《おも》いだ。

「ふむふむ……なるほど。おじいちゃんのことは嫌い、と」

朱音がメモを取っていく。使っているのは、昼間に才人が凶器と誤解したペンだ。

目的は謎だが、朱音が才人の情報を知りたがっているのは事実らしい。それは才人も嫌ではなかった。

「質問の続きよ。ステーキの焼き方は、どれが好き？」

「レアかな」

ペンを走らせる朱音。

「なま、やけ、と」

「生焼けではない」

レアの肉は赤いが、ちゃんと火は通っている。

「付け合わせはなにが好き？」

「ガーリックのソテーとか。あんまりカリカリじゃないヤツ」

「ニンニクのなまやけ、と」

「だから生焼けじゃないって言ってるだろ」

これはひょっとして、朱音が才人の好物を作ってくれるつもりなのかもしれない。朱音のことだから、さぞかし絶品の料理になるだろう。

才人《さいと》は期待に唾が湧くのを感じた。


教室の隅で、朱音《あかね》は陽鞠《ひまり》に調査結果を報告した。

「才人の好みのタイプが分かったわ」

「ホント!? 教えて教えてっ!」

陽鞠は大喜びで身を寄せてくる。

「才人はグッピーみたいな女の子は好きじゃないらしいわ」

「ぐっぴーって……あの熱帯魚の?」

目をぱちくりさせる陽鞠。

「ええ。女性として見るのは無理だって」

「グッピーみたいな女の子って、どういう子なんだろ?」

「調べてみたけど、グッピーの特徴は体が丈夫で繁殖力が高いってことらしいわね」

「あんまりセクシーなタイプは好きじゃないってことかなぁ……?」

「どうかしら……?」

二人して首を捻《ひね》る。男心は難しい。

「それと、才人の好物は生肉らしいわ」

「生肉⁉ 意外とワイルドだね⁉」

「生のニンニクも好きみたい」

「ワイルドだ……。頭脳派だと思ってたけど、そんなとこもあるんだ……。そっかぁ」

陽鞠は噛《か》み締《し》めるようにつぶやく。

「イメージと違ったのに、どうして嬉《うれ》しそうなの？」

「だって、才人くんの知らないところを知れたんだよ？ 才人くんに少し近づけたような気がするし、嬉しいよ！」

「そういうものなのね……」

なんにせよ、親友が喜んでくれるのは朱音も嬉しい。もっともっと情報をあげたいと思ってしまう。

「才人の趣味は読書とゲームよ。夜寝る前もベッドで読んでいたりするわ」

「ベッドで……？ なんでそんな細かいことまで知ってるの？」

「あっ……」

朱音は口を押さえた。今のは酷《ひど》い失言だ。夫婦として同じベッドで寝ているのを勘付かれてしまう。

「え、えっと、それはっ……才人が糸青《しせい》さんに話しているのを聞いて……」

「なるほどー」

しどろもどろの説明で、陽鞠《ひまり》は納得してくれた。

「ゲームはどういうのが好きなのかな？」

「ホラーゲームよ……ゾンビとかお化けとかを銃で倒す、ぐちゃぐちゃのどろどろのヤツばっかりやって……趣味が悪すぎるわ……ヘッドフォンからも音漏れするし……」

朱音《あかね》は拳を握り締める。

「やけに実感がこもってるね？」

「あっ……えっと、私そういうの許せないタイプだから！　もっと教育的で可愛《かわい》いゲームをやるべきだと思うから！　それだけ！　飽くまでそれだけよ！」

「それだけかー」

うなずく陽鞠。

ぜーはーと息切れする朱音。情報提供するのはいいが、才人《さいと》の話をしているとボロを出してしまいそうで恐ろしい。

陽鞠が朱音の手を取る。

「ありがと！　すっごく参考になったよ！」

「これでいいの？」

ちゃんと役に立てたのだろうかと、朱音は不安になった。

「うん！　私もゲーセンでゾンビ倒すゲームやってみる！　そしたら才人くんと話を合わせやすくなるはずだし！」

「ホラーゲームはしない方がいいと思うけど……呪われるわよ」

「そのくらいで呪われないよ！　ホントありがとね！」

陽鞠は浮き浮きと自分の席に戻っていく。

朱音は安堵《あんど》して、次の授業の準備をする。

教科書とノートを取り出して机に並べ、シャーペンの芯が入っているのを確認。前日に予習はしっかりやっているが、改めて今日の授業範囲を読み直す。才人という強敵を打ち倒すには、勉強に一切の妥協は禁物だ。

「朱音と取引がしたい」

声がして見やれば、糸青《しせい》がそばにいた。朱音の机にちょこんと両手を乗せて見上げている姿は、まるでウサギかリスの小動物だ。

「取引……？　なにかしら？」

「兄《あに》くんの情報を渡すから、報酬に朱音の手作り弁当を渡してほしい」

糸青はよだれを垂らしていた。

「も、もしかして、さっきの話聞いてた？」

朱音は焦った。陽鞠が才人の情報を欲しがっているということが、糸青を通して才人にバレてしまうのは困る。

「……？」

糸青《しせい》はきょとんと小首を傾《かし》げている。心配は無用のようだ。

「シセは、兄《あに》くんのことならなんでも知っている。好きなことも、嫌いなことも、字の書き方の癖も、弱点も、汗の味も」

「ちょっと待って、どうして汗の味を知っているの」

「よく舐《な》めてるから」

「よく⁉」

「塩分の補給にちょうどいい。食欲をそそる味」

思い出したのか、くーっと可愛《かわい》らしくお腹《なか》を鳴らす。

——才人《さいと》、いつか糸青さんに食い殺されちゃうんじゃないかしら。

惨劇を想像して朱音《あかね》は身震いした。身近なところでカニバリズムの犠牲者が出るのは避けたい。

「私は別に才人の情報なんて要らないわよ？」

「シセは兄くんから相談された。『俺のことをやたらと知りたがるヤツがいるんだが……どういうことなんだろうな？』って。あれ、朱音のことでしょ？」

「な、なんで私のことだって……」

「それくらい、分かる。シセと兄《あに》くんは通じ合っているから。朱音《あかね》、兄くんのこと、気になってる？」

「は、はあ!? そんなわけないわ！」

朱音は頬《ほお》が熱くなるのを感じた。

「兄くんはその子にストーキングもされてるって言ってた。ちょっとドヤ顔で」

「ストーキングなんてしてないわ！ 私はただ……」

言いかけて、口ごもる。誤解されるのは癪《しゃく》だが、陽鞠《ひまり》のために情報を集めていると明かすわけにはいかない。

「朱音はゼロ円？ 買った」

ビッと競り師のように糸青《しせい》が二本の指を突き出す。

「私の値段の話をしてるんじゃないわ！」

「恥ずかしがらなくていい。兄くんはいい男だから、気になるのも当然」

「だから気になってないわー!!」

帰ったら覚えてなさいよ、と朱音は内心で呪った。

自宅のオープンキッチンで、朱音が駆け回っている。

制服にエプロンをつけ、まくり上げた袖から細い腕が覗《のぞ》いている。

「すぐに夕ごはん作っちゃうから、才人《さいと》はお風呂掃除とゴミ袋の交換をやっておいて」

「分かった。今日のメニューは？」

「お魚よ」

「魚か……」

才人が肩を落とすと、朱音が眉をひそめる。

「なにか文句あるの？」

「文句はないが、いつステーキが出てくるんだろうと思ってな」

「ステーキなんて作らないわよ？」

「あれだけ好みの焼き方とか聞いてきたのに!?」

才人は愕然《がくぜん》とした。

「……まさか、期待してたの？」

「そりゃ期待するだろ！　付け合わせの好みまで細かく聞いてきたから、俺の好物を作ってくれるつもりかと」

「へえ……そうなんだ……。まあ、期待されるのは嫌じゃないけど……」

丸めた手を口元に添えて、朱音がつぶやく。頬が淡く染まっている。

「え？」

「な、なんでもないわっ！」

朱音《あかね》は周囲の空気を掻《か》き混《ま》ぜるように手を振り回した。

腕組みし、目を細めて才人《さいと》を見やる。

「あんたも、意外と子供っぽいところあるのね」

「子供っぽくはない」

「子供よ。好物のステーキがいつまで経《た》っても出てこないからしょんぼりしてるなんて。あーあ、かわいそ」

からかうように、くすくすと笑う。

「くっ……」

才人は体が熱くなるのを感じた。勝ち誇っている朱音が憎らしい。朱音の料理が美味《おい》しすぎるせいで、食に関しては不利な立場だ。

朱音は鼻歌交じりにくるりと身を回しながら、エプロンを外す。

「仕方ないわね。セキニン、取ってあげるわ」

「責任……？」

戸惑う才人を、朱音が真《ま》っ直《す》ぐに指差す。

「私の料理が食べたくてしょうがないあんたのため、今からステーキの材料を買ってくるって言ってるの！　ありがたく思いなさい！」

「今からか？　それなら俺が買ってくるが」

「どうせあんたはステーキ肉と間違えてティッシュとか買ってくるでしょ」

「間違えすぎだろ！　肉類と紙類の違いはさすがに分かる！」

眉間に皺《しわ》を寄せる朱音。

「信用できないわ……プロテインを料理とか呼ぶヤツだし……」

「プロテインは料理だぞ」

そこだけは譲れない才人だった。

「ちょっと待ってて。すぐに買ってくるから」

「だったら俺も行く。もう暗いし、こんな時間に女の子が一人で出歩くのは危ない」

「は、はあ？　いきなり女の子扱いなんかして、なにを企《たくら》んでいるの？」

警戒して身を引く朱音。

「なにも企んでいない。ステーキがちゃんと帰宅してくれないと困るのは俺だ」

「私よりステーキの心配!?　どれだけステーキ食べたいの!?」

「死ぬほど食べたいな」

「もう……勝手にすれば」

そっけなく言いつつも、朱音の横顔は緩んでいる。

才人と朱音は連れ立って玄関を出た。才人が鍵を閉め、慎重な朱音が何度もドアノブを引っ張って施錠を確かめる。

陽《ひ》が落ちた住宅街は、人の息吹で満ちていた。

往来には誰もいないけれど、そこかしこの家々から、煮炊きする音や家族の話す声が聞こえてくる。芳《かぐわ》しい料理の匂いが流れてきて、才人《さいと》の空《す》きっ腹《ぱら》を刺激する。

「私、この時間って好きだわ」

「なんで？」

「ほのぼのしていて家に帰りたくなるっていうか、懐かしいっていうか。お母さんの夕ごはんを楽しみにしていた小さな頃を思い出すの」

朱音《あかね》は楽しそうに語る。

「……なるほど。俺はあんまり好きじゃないな」

「どうして？」

「俺には関係のない世界だしな」

「どういうことよ？」

「さあ」

才人は肩をすくめた。

「ちゃんと答えなさいよ。私が質問してるんだから」

「俺に興味があるのか？」

「きょ、興味はないわ！　ぜんぜん！」

朱音は顔を背ける。

――俺はお前のこと、少しは知りたいんだけどな。

才人は心の中でつぶやく。

そのことを自覚したのは、朱音が高熱を出したとき。ページが閉じられそうな本を抱えて、もっと中身を読んでみたいと感じた。

それは好意とは程遠いものだとしても、完全な敵意ではない。今だって、朱音が家庭的な時間が好きだということを知り、面白いなと思っている。

――まあ、そんなこと、コイツに言えるわけないけど。

ほっぺたを膨らませている朱音を、才人は横目に見る。

長年の天敵に向かって「お前のことを知りたい」なんて言ったら、気色悪がられるに決まっている。恐怖に駆られた朱音は自室にバリケードを築いて立てこもってしまうだろう。

二人は住宅街からバス通りに出て、排気ガスの熱気の中を歩き、裏通りに入った。

ちらほらと、人の姿。フードを被《かぶ》っていたり、妙に大きな荷物を抱えていたり。昼間は普通に見える人々も、夜闇の中では怪しげに見える。

スーパーの前の駐輪場には、柄の悪い男が座り込んで煙草《たばこ》を吸っていた。タンクトップに筋肉質の体つき、手入れのされていないヒゲ。近くに路上喫煙禁止の立て札が置かれているのに、気にする素振りもない。

——やっぱり夜は治安が悪いな。

こういう輩《やから》に関わるのは時間の無駄だ。才人《さいと》が男を避けてスーパーに入ろうとすると。

「ここ、喫煙禁止って書いてあるでしょ！　字が読めないの!?」

朱音《あかね》が全力でケンカを売っていった。

「ちょっ……」

止めようとする才人だが、止まる朱音ではない。

「ああ？　なんだ、てめえ」

顔をしかめる男に、人差し指を突きつける。

「煙草《たばこ》の煙は、吸ってる人だけじゃなくて、周りの人の体にも良くないのよ！　ここは子供連れのお客さんも多いのに、なに考えてるの!?　今すぐ火を消しなさい！」

「ガキがゴチャゴチャうるせえ！　ぶっ殺されてえのか！」

男が目を吊《つ》り上《あ》げ、汚らしい唾を吐き散らかす。

「こ、殺すとか野蛮な脅しには屈しないわ！」

睨《にら》み返《かえ》す朱音。

その野蛮な脅しをお前もしていたけどな、と才人は複雑な思いを抱く。「私と結婚してること、クラスのみんなに言ったら殺すから」とささやいたときの朱音は、間違いなく本気の表情だった。

「どこでなにをしようが、オレの勝手だろうが！」

「好き放題生きたい産業廃棄物は、火山の下にでも埋まってなさいよ！」

今にも殴りかかりそうなくらい、男は逆上している。

朱音は一歩も引こうとせず、毅然《きぜん》として拳を握り締めている。

だが、その膝は震えていた。本当は怖いのだ。

正義のためにわざわざ厄介事に首を突っ込んでいくのは、さすがの朱音だ。体格差からしてケンカしたら無事では済まないのに、そんな計算もできないらしい。

――危なっかしいヤツだな。

このままでは流血沙汰になりそうなので、才人は割って入る。

「二人とも、落ち着け。お前もいちいち頭ごなしに注意するのはやめろ」

朱音の肩を掴《つか》んで後ろに下がらせる。

「あんたもコイツの味方をするの!?」

「別に味方ってわけじゃない。もうちょっと言い方があるだろって話だ」

「廃棄物に廃棄物って言ってなにが悪いのよ」

「だからそういうのをやめなさい」

才人は朱音に軽くデコピンをした。

「あう……」

朱音《あかね》は額を両手で押さえて後じさった。恨めしげに才人《さいと》を睨《にら》み上げる。

「た、叩《たた》いたわね……帰ったら一億倍返しよ……」

「はいはい、帰ったらな」

才人は帰宅後の即死を覚悟した。

今のはたいして痛みを感じるレベルではないはずなのだが、たとえミジンコの一撃でも一億倍にされたら死んでしまう。

男が頬《ほお》を引きつらせる。

「人のことほっといてイチャイチャしてんじゃねえ！　舐《な》めてんのか！」

「イ、イチャイチャはしてないわ！　舐められてもないしっ！　そんな関係じゃないし！」

謎のうろたえ方をする朱音だが、今は気にしている場合ではない。

男が固めようとした拳を、才人はすかさず握る。

「なにしてんだてめ……」

「握手だ、握手。仲直りするときにやるだろ。ちなみに……」

男を引きずり寄せ、間近で見据える。

「コイツに手を出したら、あんたも、あんたの家族の人生も、全部壊すから」

冗談ではないとの思いを込め、にっこりと笑った。

北条《ほうじょう》グループは、ただのお綺麗《きれい》な企業ではない。自らの利益のためなら逆らう者を滅ぼし尽くすのが伝統であり、現当主の天竜《てんりゅう》がやって来たことでもある。父親にさえ明かされていないそのやり口を、才人は幼少期から祖父に教え込まれていた。

才人のメッセージがきちんと伝わったのだろう。

「……っ！」

男は憎々しげに才人の手を振りほどき、煙草《たばこ》を放り捨てて去っていく。

「忘れ物だぞ。火はちゃんと消さないと、放火罪で死刑または無期懲役になる」

「やかましい！」

駆け戻ってきて靴底で煙草の火を消し、今度こそ走り去った。

スーパーの店内を巡りながら、朱音は唇を尖《とが》らせる。

「もう少しで私のパンチがゴロツキをリングに沈めるところだったのよ！　才人は余計なことしないでいいわ！」

「そりゃ悪かったな！　普通にビビってるように見えたもんでな！」

「ビ、ビビってなんかないわ！　ありがた迷惑よ！」

意地を張って背ける顔が、熱い。

ゴロツキを追い払ったときの才人《さいと》は、ぞくりとするような迫力があった。
笑っているのに、笑っていない。
言葉通りに相手を破滅させるだろうと信じられるほどの、威圧感。
朱音《あかね》と口喧嘩《くちげんか》をしているときとは、雰囲気がまったく違う。
ゴロツキの方が腕力はありそうだったのに、才人の気迫に吞《の》まれて逃げてしまった。
——ちょっとは……格好《かっこ》いいところもあるじゃない。
感じてしまう自分が、悔しい。
ありがとうなんて、言えない。
それを言ったら、負けたような気がしてしまうから。
その代わり……。
「今日のステーキ、思いっきり腕を振るうわよ！」
朱音はゲンコツを振り上げる。
「楽しみにしてる」
期待の眼差《まなざ》しが、くすぐったい。
才人のこの意外な一面は、陽鞠《ひまり》にも教えたくなかった。
どうして教えたくないのかは、分からなかった。

帰宅してリビングに入るなり、朱音が才人に要求してくる。

「そこに正座しなさい」

「正座……？ なぜ……？」

「デコピンの仕返しよ。帰ったら一億倍返しするって、言ったでしょ」

「あれホントにやるのか？」

才人は戦慄を覚えた。

「当然でしょ。やられたらやり返さなきゃ、恨みが毎日一億倍になってしまうわ」

「恨みだけで宇宙が破裂しそうだな」

複利で憎悪の借金が雪だるまになるよりは、さっさと済ませて水に流してもらった方が楽かもしれない。才人は観念してソファに腰掛けた。

朱音は腕まくりして才人に近づいてくる。

「眼球が潰れるかもしれないから、目を閉じて」

「眼球が潰れるような勢いでデコピンをするな」

「いいから、ほら」

デコピンの形に手を構える朱音。腕ごと小刻みに震えているし、渾身《こんしん》の力が込められているのが分かる。

才人《さいと》は急いで目を閉じた。

朱音《あかね》の気配が、風と共に近づいてくる。

「えい」

こつんと、額に小さな刺激。

才人が目を開ければ、朱音が悪戯《いたずら》っぽい笑みを浮かべて覗《のぞ》き込《こ》んでいる。

「なにビビってるの？　そんな痛くするわけないでしょ？」

「……ビビってはいない」

才人は身構えた自分が恥ずかしくなった。

「ビビってたわ。奥歯がガタガタ震えて、涙と汗でびしょびしょだったわ」

「さすがに盛りすぎだろ！」

「盛ってないわ。ちょっとはデキるかと思ったけど、やっぱり才人は才人ね」

朱音は満足げにうなずくと、夕食の準備を始める。

そのあいだに、才人は担当の家事を進めておく。

民家の浴室にしては広すぎる湯船をスポンジで掃除し、たっぷり湯を張る。いつの間にか朱音が持ち込んでいたアヒルの玩具《おもちゃ》も洗う。

寝室や勉強部屋など、家中のゴミ箱の袋を交換する。キッチンは包丁を装備した朱音が走り回っていて危険なので、後回しにする。

結婚した直後は、学校から帰って家事をこなすのがしんどかったが、今ではだいぶ慣れてきた。朱音《あかね》が家事をしているときに才人《さいと》だけゲームをするのは夫婦喧嘩《げんか》の種になりそうなので、こうやって同じ時間に作業をするのが安全だ。

やがて、キッチンのテーブルに料理が並んだ。

フィレのステーキ、シーフードパエリア、そして名前が分からない謎のスープだ。油と泡が元気に弾《はじ》け、湯気が立ち上っている。

食欲をそそる匂いを嗅ぐだけで、才人は口に唾液が溜《た》まるのを感じる。

「本格的だな」

「私にかかればこのくらい、ちょちょいのちょいよ！　ほら、食べて」

朱音は才人の反応を観察している。

才人は手を合わせて、ナイフとフォークを装備した。祖父に連れられて高級料理店に行く機会が多いので、テーブルマナーは体に叩《たた》き込《こ》まれている。

フィレのステーキにナイフを当てると、肉は刃先をすっと受け入れた。食べやすいサイズにステーキを切り取り、口に運ぶ。

香ばしく焼けた表面とは対照的に、中の赤身はゼリーのようにやわらかい。自ら割れるように噛《か》み切《き》られ、肉の旨味《うまみ》が喉の奥まで広がっていく。

ほっぺたが落ちそうという表現があるが、まさにその通り。濃厚な滋味に、頬《ほお》の内側が凹《くぼ》むように痙攣《けいれん》し、胃袋が空腹を自覚して鳴り始める。もっと、もっと肉を渡せと、体が要求している。

「……やばい」

「そんなにまずかった⁉ 吐きそうなくらいひどい⁉」

朱音は涙目になった。

「いや、いい意味で」

「いい意味で吐きそうなの⁉」

「いい意味で吐きそうってなんだ！」

「私も分からないわよ！」

「少なくとも俺は嘔吐《おうと》という行為にポジティブな感情は抱けないし……というか食事中にこの話題はやめよう」

「あんたが始めたんじゃない！」

「いやお前だろ⁉」

「流れるような責任転嫁だわ！」

「どっちがだ！」

睨《にら》み合《あ》う二人。

手料理を褒めようとしてもケンカになるのは、さすが天敵同士である。根本的にコミュニケーションが上手《うま》く行かない。

朱音《あかね》が忌々しげにため息をつく。

「とにかく、吐きながらでもいいから食べなさい。せっかく作ったのに冷めるわ」

「吐きながらは食べん。普通に食べる」

才人《さいと》はシーフードパエリアに標的を変える。

大ぶりのスプーンで具材とライスをまとめてすくい、豪快に口の中へ放り込んだ。

弾力に満ちたイカの身に、歯が刺さってこじ開けていく感触。ぶつりと噛《か》み切《き》る達成感と共に、潮の薫りが吹き込んでくる。

オリーブオイルの官能的な光沢を帯びたライスには、海のエキスがたっぷりと染み込んでいた。それだけではなく、ところどころにサイコロ状の物体が入っており、強い歯ごたえとペッパーの刺激で楽しませてくれる。

「これは……」

才人はスプーンの上にサイコロを載せて凝視した。

「カレー用のモモ肉を小さく切って入れてみたの。ステーキが好きなら、シーフードだけより牛肉も入っていた方が嬉《うれ》しいんじゃないかと思って」

「……なるほど」

心憎いまでの気配り。パエリアは祖父に連れられたレストランでも食べたことはあるが、いまいちピンと来なかった料理だ。

けれど、朱音のパエリアは違う。万人向けの既製品《プレタポルテ》ではなく、才人のためのオーダーメイドだからだ。

「こっちのスープは、なんだ？」

才人は謎の黄色いスープを見下ろした。

やけにぐちゃぐちゃしていて、脳味噌《のうみそ》を溶かしたような沼の中に赤い野菜が浮かんでいるのが不気味だ。

「アホスープよ」

「アホ……なんだって？」

「アホスープ。パエリアに合うスープをスマホで探してたら、レシピを見つけたの。多分、食べるとアホになるスープでしょうね」

「そんなアホな……」

「これを才人にいっぱい飲ませれば、きっと知能がプランクトンくらいになるわ。学年一位の座は私のモノよ！」

朱音は高らかに言い放つ。

「さあ、飲んで。全部飲んで。一気に飲んで！」

目をキラキラさせて要求してくる。よっぽど才人の知能指数を下げたいらしい。

スープごときにそういう効果はないだろうと思う才人《さいと》だが、朱音《あかね》の行動は読めない。ひょっとしたら危ないクスリが混入しているかもしれないと警戒しながら、スープをすする。

毒物の気配は……ない。

知能が下がっている感覚も……ない。

ぐちゃぐちゃに見えたのは、パンがふやけたものだった。食感は麩《ふ》に近い。溶き卵と絡まり合い、おじやのようになっている。野菜の甘味《あまみ》が溶け込んだスープの中、細切りのパプリカが酸味でアクセントを加えている。

ステーキとパエリアがハードな食べ心地だったから、癒やし系のスープは良い箸休めになった。飲めば飲むほど体が温まっていく。

「これ、ニンニクが入っているのか？」

「ええ。付け合わせはニンニクが好きだって言ってたから、たくさんすり下ろして入れてあげたわ」

才人は暇つぶしに読んでいた辞書の内容を思い出す。

「だったら、アホスープはニンニクのスープって意味だな。スペイン語でニンニクのことをアホって呼ぶんだ」

「なっ……も、もちろん、知ってたけど!?　知らないはずがないじゃない！」

「嘘《うそ》をつけ。本気で俺の知能を狙ってきてただろ」

「そんなことするわけないわ！ 分かっていて、からかったのよ！ 見事に引っかかったわね！ あーあ、恥ずかしいっ！」

大げさに肩をすくめながら、朱音の顔は羞恥で真っ赤だ。

その慌てっぷりに噴き出しかける才人だが、笑ったら火に油を注ぐので懸命に我慢する。

しかし笑みが漏れてしまっているのか、朱音が悔しげに睨《にら》んでくる。

才人はステーキを切って肉を楽しみ、パエリアを頬張《ほおば》って魚介を楽しみ、アホスープでニンニクの深い味わいを楽しむ。体の底からエネルギーが湧いてくるメニューだ。

「……吐かないで全部食べられそう？」

朱音が心配そうに訊《き》いてきた。

――お前は本当に……。

アホだな、と言いそうになるのを、才人は抑えた。

そんなことを言えば、朱音はまた真正面から受け取って激怒するに違いない。

敵意は増幅されて伝わるのに、良い感情はまともに伝わらない。

だって二人は天敵だから。

朱音に才人の感謝を分かってもらうには、全力で褒めるしかない。そういうのはあまり得意ではないけれど、でも。

才人は息を大きく吸って心の準備を整え、告げる。

「……どれも、めちゃくちゃ旨《うま》いぞ」

「え……めちゃくちゃすぎる料理だからゴミ箱に捨てたい……？」

朱音《あかね》はかたかたと震えた。

「どんな空耳だ！　旨いって言ってるんだ！　プロの料理人が作ったヤツより旨い！　至極の逸品だ！」

「信じられないわ……あんたが私のことを絶賛するなんて……。ハッ!?　これは罠《わな》……？」

ナイフとフォークを構える朱音。その出《い》で立《た》ちは二刀流の侍だ。下手な返答をすれば斬る、上手な返答をしても斬る、情け無用の殺気が漂っている。

「罠じゃない！　正直、毎日作ってほしいレベルだ！」

才人《さいと》がありったけの賛辞をぶつけると、朱音が焦る。

「な、なによ、それ……。結婚してって言ってるみたいな……」

「い、いや……そういう意味じゃなく……。そもそも結婚はしてるし……」

俺のために毎日味噌汁《みそしる》を作ってくれ、なんて昭和のプロポーズかと、才人は居たたまれなくなる。自分の言葉ながら気持ち悪い。

撤回しようとする才人だが。

「や、やっとあんたにも、私の凄《すご》さが分かったのね。えへへ……」

照れくさそうに身をよじる朱音を見ていると、訂正の文句も宙に消えてしまう。

朱音は意気込んでテーブルに身を乗り出した。

「分かったわ！ 私の絶品料理、あんたの好きなだけ作ってあげる！ 他になにを作ってほしい？ 今夜はなんでも食べさせてあげるわ！」

褒められたのが嬉《うれ》しくて暴走しているのか、才人との距離が近すぎることにも気づいていないようだ。

真《ま》っ直《す》ぐな瞳を輝かせ、頬《ほお》を苺《いちご》のように染めた朱音は、才人が見とれてしまうくらい愛らしかった。彼女の肌から香る甘い匂いに、鼓動が速くなるのを感じる。

いつも口を開けば憎たらしいことばかり言うくせに。

たまに見せる可愛《かわい》い表情は、ずるい。

「ちょっと……近くないか？」

「あっ」

才人が指摘すると、朱音は慌てて離れた。

「い、今のは、遠くだとあんたが聞こえないかもって、思っただけだから……」

「お、おう……」

苦し紛れの言い訳をする朱音。恥ずかしそうに縮こまっている。

才人の方も気恥ずかしくて、どう対応したらいいのか分からない。天敵同士の二人は、こんな普通の男女のような空気に慣れていない。

才人《さいと》は頬《ほお》を掻《か》きながら、甘い空気を誤魔化《ごまか》すように告げる。

「じゃあ……えっと……ステーキのお代わりとか、頼めるか？」

「ええ！　そう言うかもしれないと思って、ちゃんと肉は買《か》い溜《だ》めしておいたわ！　さっきのより安い肉だけど」

朱音《あかね》は冷蔵庫から取り出した肉を、ズシンとテーブルに置いた。

ただの肉ではない、肉塊である。

いったい何キロあるのか、殴ったら人を殺せそうな迫力。

「こ、これ……いつ買ったんだ……？」

「買い忘れたものがあるって、あんたに待ってもらって一度スーパーに戻ったでしょ？　そのときよ！」

包丁を握って胸を張る朱音。

「へ、へえ～……一ヶ月は持ちそうだな……」

朱音は目をぱちくりさせる。

「なにを言っているの？　今夜で全部食べるのよ？」

「俺はサバンナのライオンではない！」

胃袋ブラックホールの糸青《しせい》でもない。

「九割引で消費期限もギリギリだから、早く才人の中に無理やり押し込まないと」

「お前には人の心がないのか」

「なにがなんでも食品ロスを減らして地球環境を保護しないと」

「俺の命も保護してくれ」

「才人はしぶといから灰の中から蘇《よみがえ》るでしょ？」

「不死鳥《フェニックス》か」

可愛《かわい》いだなんて、一瞬でも感じてしまったのが運の尽き。

——この女は、やっぱり悪魔だ。

才人は改めて痛感する。

椅子から腰を浮かし、さりげなく脱出しようとすると、朱音が才人の服を掴《つか》む。

やる気満々の笑顔である。

殺《や》る気満々かもしれない。

朱音が上機嫌で問いかける。

「出されたものは～？」

「残さず食べる！」

才人は覚悟を決めて椅子に座り直した。せっかく朱音が才人のために頑張ってくれようとしているのだ、厚意をむげにするわけにもいかない。

朱音は元気良く包丁を突き上げる。

「あんたの好物、いーっぱい作るからね！　今夜は寝かさないわ！」

「たすけて」

才人《さいと》の微《かす》かな命乞いは、山盛りのステーキに埋もれていった。

小学生の頃から、朱音《あかね》はクラスで浮いていた。

どうしてこうなってしまうのか、自分でもよく分からない。みんなと同じように普通に生きて、普通に話しているはずなのに、なぜか上手《うま》く行かない。

それはまるで、自分だけ言葉の違う国に迷い込んでしまったかのようだった。

朱音が教室に入ると、賑《にぎ》やかだったクラスメイトたちが、ぴたりと会話を止める。華やいでいたはずの空気が、いっぺんに重くなって、皆が視線をそらす。

そんなクラスメイトたちを無視して朱音が席へ座ると、あちこちからささやき声が漏れてくる。

「やば……聞かれたかと思った」「桜森《さくらもり》にバレるとめんどくさいもんね……」「優等生ぶってむかつく」「ママからも、桜森さんを見倣いなさいよって言われてさー」「なにそれうざっ」「可愛《かわい》いからって調子乗りすぎ」

チクチクと、悪意が刺さる。

常に成績トップ、保護者や教師からも一目置かれている朱音。敵に回すと大変だと知っているから、誰も表立ってケンカを売ってこようとはしないが、だからこそタチが悪い。

――バカみたい。言うなら面と向かって言いなさいよ。

朱音は机の下で手を握り締めた。

どのクラスメイトも、朱音が怒ったらヘラヘラ笑って謝るだけ。言い返そうとはせず、対等に闘おうともしない。後で友達同士で陰口を叩《たた》くだけだ。

それはケンカをするよりも腹立たしく、悔しいことだった。

ちゃんと朱音の怒りを受け止めて、正面からぶつかってくれる人がいたらいいのに。でも、そんな人は一生現れないだろうと思ってしまう。

「あーかーねーちゃんっ！」

「ひゃっ!?」

いきなり背後から抱きすくめられ、朱音は足を跳ねさせた。

「ちょ、ちょっと……そういうのやめなさいって、言ってるでしょ……」

こんなことをするのは、一人しかいない。

腕を引き剥《ひは》がしながら見上げると、陽鞠《ひまり》の底抜けの笑顔が視界に入る。

「おはよっ、朱音ちゃん！　今日も可愛いね♪」

「うるさい！　急に後ろから抱きつくなんて、あんたが女子じゃなかったら通報してるわよ！」

「でも私は女子だから通報されない……やった！　抱きつき放題！」

「やーめーなーさーいーってばー！」

懲りずに襲いかかってくる陽鞠《ひまり》、必死に手の平で陽鞠の顎を押《お》し退《の》ける朱音《あかね》。クラスメイトたちは二人を遠巻きに眺め、ひそひそ話している。

朱音は無言で立ち上がると、陽鞠の手を握る。

「えっ？　朱音ちゃん、どうしたの？　朱音ちゃんの方から手を握ってくれるの初めて！　このまま学校さぼってデート？」

「いいから黙ってついてきなさい」

戸惑う陽鞠の手を引っ張り、隣の空き教室に移動する。

他の生徒に盗み聞きされないよう、前後のドアもきちんと閉める。

朱音はため息をついた。

「あんたねえ……。やっとクラスも替わってみんなと仲良くなれそうなのに、私なんかの相手してたら、また嫌われるわよ」

「どうして？」

目を点にする陽鞠。

「私はみんなに嫌われてるからよ」

「私だけが朱音ちゃんのいいところを知ってるってことだね！ 嬉《うれ》しいな！」

「そういう話じゃなくて……。友達でもないのに、つきまとうのやめてくれないかしら」

「私は友達だと思ってるよ。朱音ちゃんのこと、大好きだもん！」

「あう……」

ためらいもなく言い放てる陽鞠の笑顔が、太陽のように眩《まぶ》しい。

どんなに追い払っても、陽鞠は朱音から離れてくれない。刺々《とげとげ》しい言葉も、陽鞠には通じない。

陽鞠は朱音とは正反対で、どこまでも素直で。

そんな陽鞠のことが、朱音は羨ましくて。

「朱音ちゃんは？ 私のこと、好き？」

期待に目をきらめかせながら、陽鞠が朱音の手を取る。

直球すぎる好意から、これ以上逃げられない。

朱音は耳が高熱に燃えるのを感じながら、うつむいてささやく。

「…………すき」

「だよね！ 知ってる！ だいすきー！」

陽鞠は大はしゃぎで朱音を抱き締めてくる。

「ああもうっ、分かったから！ 少しは手加減して！ 潰れる！ 潰れるから！」

朱音《あかね》は悲鳴を上げる。

興奮した陽鞠《ひまり》を落ち着かせるのは、結構な時間がかかった。

二人して窓辺に寄り添い、手を握って語る。

「いつまでも、親友でいようね、朱音」

「ええ。陽鞠さえいれば、私は誰に嫌われてもいい。結婚だってしないわ」

朱音は自信を持って言い切る。

「えー？　私は結婚したいけどなー。高校生くらいになったら、頭が良くて格好《かっこ》いい彼氏作るんだー♪」

「裏切り者っ！」

「裏切ってないよー。親友と彼氏は別腹だもん♪」

「別腹ってなによー！」

憤慨する朱音に、あははと笑う陽鞠。

まだ二人の世界に才人《さいと》がいなかった頃の、無邪気な夢。


懐かしい夢から覚め、朱音はベッドの上でぼんやりした。

一瞬、ここがどこなのか分からなかった。

意識が戻ってくるにつれ、ここが夫婦の寝室で、自分がクラスの大嫌いな男子と結婚していることを思い出す。

夢よりも現実離れしているけれど、でも現実。

今夜の夕飯が楽しかったことも思い出す。珍しくストレートに絶賛してくれた才人に、朱音は調子に乗ってめいっぱいステーキを詰め込んでしまった。

「う、ううう……もう無理……入らない……」

隣で眠る才人は、悪夢にうなされているようだ。化け物から逃げようとでもするかのように、すごい寝相でベッドから落ちかけている。

「……ごめんね」

才人が聞いていないときなら、朱音も素直に謝れる。

無茶《むちゃ》をさせてしまったお詫《わ》びに、才人をベッドに引っ張り上げようとするが……重い。

男子の体格は女子の比ではない。

朱音はうんうん唸《うな》りながら、力を振り絞って才人を引っ張る。

きちんとベッドに寝かせ、毛布を被《かぶ》せた頃には、息を切らしていた。

才人は朱音の苦労にちっとも気づかず、苦しげな寝言を漏らしている。

「アイツは……悪魔だ……。護身用に苺《いちご》を持って行け……いざというときは、それをばらまいて逃げるんだ……」

「なんの夢見てるのよ」

小学生の頃はまさか、自分が高校生で結婚するとは予想もしなかった。

そして、親友が旦那を好きになるなんて、思ってもいなかった。

でも、親友の幸せのためなら、自分は全力を尽くせる。

そう考えていた朱音《あかね》の耳に、妙な物音が聞こえた。

床が軋《きし》むような、足音のような、なにか。

じっとりとした気配が、すぐそばから漂ってくる。

――なにか、いる……。

朱音は心臓が激しく打つのを感じた。逃げたいけれど、足が動かない。見たくないけれど、見ないわけにはいかない。

ゆっくりと、気配の方を振り返ると。

暗闇の中、枕元に影が立っていた。

ほーら
口開けて
まだ食べられる
でしょ？
はぁ
はぁ
も　もう無理だ…
夢の中
食べてくれる…
わよね？
こくん…
ズザァッ
ご希望の生焼けステーキ
おかわりはいっぱいあるわ！
ドーン!!
食えるかー！
しーん

第三章
『夜襲』
episode3

「きゃああああああああああ!!」

深夜の住宅街に、朱音《あかね》の悲鳴が響き渡る。

「なんだなんだ!? ケンタウルス星人の襲来か!?」

才人《さいと》は朦朧《もうろう》とした意識のまま飛び起きる。

ベッドの上で、朱音が縮み上がっていた。体操座りをして丸くなり、両手で頭を覆った完全な防衛体勢。まるでピューマに襲われたときのアルマジロだ。

「お、お、お化け! お化けが出たの!」

「お化け……? どこにだ?」

「そこ!」

朱音が自分の側のベッド脇を指差す。

「……なにもいないぞ?」

「さっきいたのよ! すっごい青白い顔して、わけの分からないことをぶつぶつ言ってるなにかが! あれは呪いの人形? それとも怨霊? とにかく、とんでもなく危ないなにかだったわ!」

「そうか、おやすみ」

才人は脱力して毛布に潜り込む。

「おーきーて！ おーきーて！ 一人にしないで！」

朱音が必死に才人を揺さぶってくる。とても安眠できる環境ではない。

才人は毛布から手を出して、親指を立てる。

「大丈夫だ。お前は一人じゃない。大自然と世界中の皆が味方についている」

「適当なこと言って寝ないで！ 同時に二人以上が目を開けていないと幽霊が近づいてくるのよ！」

「そんなルールはねえ！ 寝ろ！」

「寝れないわよ！ あんたも寝かさないわよ！」

朱音が才人から毛布を剥《は》ぎ取《と》る。死なば諸共《もろとも》といった破れかぶれだ。

さっさと二度寝しようとした才人も、すっかり目が覚めてしまう。

ホラーゲームに過剰反応していたときから、なんとなく分かってはいたが。

「お前……やっぱりめちゃくちゃ怖がりなんだな」

ぎくりとする朱音。顎を突き上げて意地を張る。

「こ、怖がりじゃないわよ！」

「震えてるじゃないか」

「これは寒いからよ！」

「俺は寒くないぞ」

「女の子は体温を生み出す筋肉量が少ないから寒がりなのよ！　ていうか、あんたは危機感がなさすぎるわ！　幽霊に魂を取られたら、いったいどうするつもりなの!?」

本気《マジ》の目だった。切羽詰まっていた。

「どうすると言われても……」

そもそも才人《さいと》は幽霊の存在を信じていないのだから、どうしようもない。既知の科学がすべてだとは思わないが、オカルトを信じるに足る証拠は少ない。

とはいえ、朱音《あかね》を安心させなければ、このまま徹夜という可能性もある。

才人はベッドサイドのテーブルの引き出しからメモ帳を取り出すと、「あくりょうたいさん」と書いて朱音に手渡した。

「ほら、よく効くお札だ。これを握り締めて寝るといい。おやすみ」

「馬鹿にしないで！」

朱音は才人特製のお札を無残に引き裂く。

「なにをするんだ、せっかく俺が心を込めて作ったのに」

「一ミリも心がこもってないのが丸分かりよ！」

「バレたか」

「バレるわよ！　こうなったら、あんたを生贄《いけにえ》に捧《ささ》げて幽霊様の怒りを鎮めるしか……」

親指の爪を噛《か》んで思案する朱音。

「それ、結果として俺も怨霊になるヤツじゃないか？」

「あんたは怨霊になっても弱そうだから問題ないわ」

「酷《ひど》いこと言うな」

深夜にもかかわらず二人が言い争っていると、隣の部屋からガタタッと物音がした。

「きゃー!?」

朱音が夢中で才人に飛びついてくる。

「ちょ、おい……」

才人の胸にしがみつく朱音は、普段の生意気な姿が嘘《うそ》のように弱々しかった。

ふんわりとした寝間着の感触、やわらかい少女の躰《からだ》の感触。

朱音の腕は才人の背中に回され、ぎゅっと抱き締めている。

入浴から時間が経《た》っていないせいで濃厚な、フローラル系のシャンプーの香り。

朱音が震えているのが、切なげな息づかいと共に伝わってくる。

薄暗い寝室、二人きりのベッドで味わうには、あまりにも鮮烈な感覚。

いつもの強気な彼女からは想像もできない怖がりな一面を、才人は可愛《かわい》らしく感じてしまう。

「なにかいるのか、見てくるから」

「や、やだ。むり。ここにいて！」

「でも、確かめないと埒《らち》が明かない」

「おねがい！」

朱音《あかね》は才人《さいと》を絶対に離すまいとするかのように、きつくしがみついてくる。

こんなの、放っておけるわけがない。

才人は小さくため息をついた。


翌日の夜。

才人が自室の机で小説を読んでいると、朱音が参考書を抱えて部屋に飛び込んできた。

無言で部屋の隅まで走り、体操座りして震える。

「イヤ……あり得ない……引っ越す……お祓《はら》い……」

呪文のようにつぶやく朱音。

「なにが起きたか説明しろ」

ちょうど濡《ぬ》れ場《ば》のシーンを読んでいた才人は、急いで本のページを閉じた。別に官能小説というわけではないから問題はないのだが、クラスメイトの女子にそういう現場を押さえられるのは抵抗がある。

「また出たのよ、幽霊が……。自分の部屋で勉強してたら、リビングから走り回る足音が聞こえて……トトトッ、トトトッて……」

「そうか、証拠にスマホで写真を撮ってきてくれ」

朱音は顔面蒼白《そうはく》で叫ぶ。

「できるわけないでしょ！　祟《たた》られてスマホが爆発するわ！」

「近頃の幽霊は火力高いな」

「家ごと吹き飛ばされるかもしれないし……」

「その幽霊はミサイルでも装備しているのか」

現実世界に物理的に干渉しすぎだ。

呆《あき》れる才人には構わず、朱音は床に参考書を広げて勉強を始める。ノートと筆記用具まで持って来ている。

「なぜここでやる」

「あ、あんたが幽霊に襲われないよう、見張っておいてあげるのよ！」

「俺の方は問題ないから、戻っていいぞ」

才人が追い出そうと近づくと、朱音は野良猫のようにフシャーと肩を逆立てる。

「絶対出て行かないわ！　ここは私の部屋よ！」

「いや俺の部屋だぞ」

「今日から私の領土になったの！」

「領土って……」

テコでも動かない様子の朱音《あかね》。参考書を盾代わり、ペンを剣のように握った姿は、騎士の構えである。才人《さいと》が無理に引っ張り出そうとしたら、討伐されたうえでセクハラ扱いされるだろう。

才人は諦めて読書に戻った。朱音がいるあいだは濡《ぬ》れ場《ば》のシーンは読みづらいので、そのシーンは飛ばして先を読み進めるが。

――落ち着かない……。

共有スペースのリビングと違って、ここは才人のプライベートな空間だ。まるで自分の部屋にクラスメイトの女子が遊びに来たような感覚。リビングより狭い密閉空間だから、朱音との距離も近く、その存在を強く意識してしまう。

朱音は床に横座りして、参考書と睨《にら》めっこしていた。スカートの裾が少しまくれ上がって、眩《まぶ》しい太ももが覗《のぞ》いている。姿勢に無理があるのだろう、垂れてくる髪を鬱陶しそうに掻《か》き上《あ》げる仕草が、微《かす》かな色香を漂わせている。

「……俺の机、使うか？」

才人が声をかけると、朱音は警戒心も露《あら》わに参考書を抱き締めた。

「きゅ、急に優しくして、なに？　私のこと、自分の部屋に連れ込んで襲うつもりね!?」

「お前が部屋に入ってきたんだろ！」

「あんたがどうしてもって言うから、一緒にいてあげてるんじゃない」

酷《ひど》い記憶の捏造《ねつぞう》だった。

「床じゃ勉強しづらいだろうし、交代しようと言ってるんだ。読書は床でもできるしな」

「そう言って、下からスカートを覗くつもりね!?」

朱音は今さらスカートの裾を引っ張って太ももを隠す。

「覗くわけないだろ！　俺も命は惜しい」

「じゃ、じゃあ……」

ためらいがちに立ち上がり、才人の椅子に腰掛ける。恐る恐るといったふうに参考書とノートを設置し、その横にきっちり平行にペンを置く。動作の一つ一つがぎこちない。

「もしかして緊張してるのか？」

「しょうがないでしょ!?　お、男の子の部屋に入るなんて、初めてなんだから！」

「そ、そうか……」

「わ、悪い……？」

朱音は膝の上でスカートを握り締め、交差させた足をもじもじと擦り合わせる。そんな初々しい反応をされたら、才人の方も気まずくなってしまう。

才人《さいと》は本を置いて廊下に出た。

慌ててついてくる朱音《あかね》。

「どこに行くの？　部屋にいろ！」

「トイレだ！　海外!?」

「そんなことしたら死ぬわ！　一人になった人間から襲われるんだから！」

「襲われん！　五分くらいなら持《も》ち堪《こた》えられる！」

才人は階段を駆け下りて朱音を引き離し、トイレに走り込んで鍵を閉める。

朱音が必死にドアを叩《たた》く。

「開けて！　今夜は開けたままでして！」

「できるか！」

「犬だって人前でトイレするでしょ！」

「俺は犬じゃない！」

怯《おび》えきっている朱音は可愛《かわい》らしいが、物事には限度がある。今までとは違う意味で、自宅に安住の場所がない。

才人がトイレを出ると、朱音は涙目でほっぺたを膨らませてドアの前で待っていた。才人が手を洗うときも、階段を登って自室に戻るときも、カルガモの雛《ひな》のようについてくる。

——どうしたらいいんだ、これ……。

才人は嘆息しながら本を読む。

朱音は才人がいつの間にかいなくなっていないか心配なのか、椅子からしょっちゅう才人の方をちらちら見ていて、勉強にも集中できない様子だ。

そうしているあいだに夜が更け、就寝の準備をする時間となった。

「……お風呂、入ってくるわね」

「おう」

朱音が参考書やノートをまとめ、才人の勉強部屋を出て行く。

これでようやく落ち着けると、才人は安堵《あんど》した。読み飛ばした濡《ぬ》れ場《ば》のシーンをちゃんと読んでおきたいので、前に向かってページをめくっていく。

「あの……」

「なんだ!?」

急に朱音が戻ってきて、才人はとっさに本を閉じた。

朱音は寝間着を腕に抱え、ドアの隙間から室内を覗《のぞ》いている。恥ずかしくてたまらなそうに顔を真っ赤にして、おずおずと話す。

「一人でお風呂に入るのは危ないから……い、一緒に来て……もらえないかしら……」

「はあ!?」

ぎょっとする才人。

偶然手が触れただけで指を折ろうとする少女の口から出た言葉とは思えない。

「一緒にって……風呂にってことか？」

「う、うん……。髪を洗ってるときとか、一人で目をつぶってたら、やられるから……」

「やられはせんだろう……」

少なくとも才人《さいと》はやられたことはない。

「だめ、かしら……？」

おねだりするように、上目遣いで見上げる朱音《あかね》。

黙っていればモデル級の美少女である彼女のそんな表情は、凄《すさ》まじい破壊力で。

「……分かった。今夜だけだぞ」

才人は凛々《りり》しく言い放った。


五分後。

才人は脱衣場であぐらをかいて見張りを務めていた。

浴室の朱音とのあいだは、扉でしっかりと塞がれている。

——まあ……そうだよな。こうなるよな。当然だよな！

うなずきながらも、才人は多少の残念な気持ちがあるのを否定できない。相手が天敵だったとしても、美少女との入浴にわずかなりとも心がときめかない男子がいるだろうか。

扉の向こうからは、朱音《あかね》が髪を洗ったり、湯を浴びたりする音が聞こえていた。磨《す》りガラス越しにも、裸身のシルエットが動いているのが見えてしまう。実際に裸を一度見たことがあるせいで、その姿が容易に才人《さいと》の脳裏に再現される。

「ねえ、ちゃんとそこにいる？　いるわよね？　大丈夫よね？」

浴室から、朱音が心細そうに訊《き》いてくる。

これはこれで、思春期の健全な男子には刺激が強い。

もう天敵に欲情してなるものかと、才人は精神統一に励んだ。

歴史上の人物を脳内のメモリから呼び出し、年代順に並べて名前を暗唱していく。人類の壮大な歳月によって、自らの矮小《わいしょう》な煩悩を浄化する。

――我は世界。セカイは、ワレなり。

才人がヨガのポーズで悟りの境地に到達しようとしていると。

「どうして返事してくれないの!?　怒るわよ!?」

半泣きの朱音が、扉を開けて顔を突き出した。

泡にまみれた、真っ白な素肌。ほっそりとした肩に、艶《あで》やかな鎖骨。

ほのかに火照った双丘が、才人の前で大きく弾んでいる。

「前を隠せ!!」

煩悩は一瞬にして無限大に達した。

「おーい、才人くん。才人くん。才人くんってば!」

何度も名を呼ばれ、才人は居眠りから覚めた。

才人の机に陽鞠《ひまり》が頬杖《ほおづえ》を突き、間近から覗《のぞ》き込《こ》んでいる。

最後の記憶は、数学の教師が板書をしていた光景。退屈だが妙にリズミカルな音色が、才人を眠りに誘ったのだ。

ぼんやりとした意識の中で、才人はつぶやく。

「世界は……もう終わったのか?」

「世界はまだまだ続いてるけど、授業はとっくに終わってるよ! 次は特別教室に移動しなきゃでしょ?」

3年A組の教室に、他の生徒はほとんど残っていない。

「起こしてくれて助かる。最近、睡眠不足でな」

「どうせ夜遅くまで、えっちな動画でも見てたんでしょ?」

陽鞠は口元に手を当ててからかう。

「見てない」

「え〜、ウソだ〜♪ 私、知ってるんだよ? 才人くんみたいな年の男の子は、いつもえっちなことしか考えてないって」

「……そんなことはない」

しかし睡眠不足の原因は昨夜《ゆうべ》の朱音《あかね》だったから、完全にシロとは言えないのがつらいところだ。泡まみれの朱音の裸身は、才人《さいと》がどんなに古文の活用形を暗唱しても脳裏から消えてくれなかった。

「で？　才人くんは普段、どういうえっちな動画を見てるの？」

「だから見てないって言ってるだろ」

「じゃ、どういう子が好き？　あんまりセクシーなタイプは好きじゃないみたいって、誰か言ってたけど」

「誰が？」

「あー、えっと……それはナイショです！　情報提供者を消されると困るので♪」

陽鞠《ひまり》は唇に人差し指を当ててウインクする。そんな姿もわざとらしくなく可愛《かわい》いのが、クラスの人気者たる陽鞠の実力だろう。

「よく分からんが、恋愛ってタイプでするものではないんじゃないか」

「好きになった相手がタイプってこと？」

「そうじゃなくて。タイプなんて結局、限られたパターンに過ぎないだろう。でも、人間の中身は単純じゃない。しっかり相手のことを知らないと、好きになれるわけがない。外見とか、能力とか、外側から見たイメージだけで恋に落ちるのは、子供がやることだ」

ルックスは人並み外れているのに性格は宇宙人な糸青《しせい》や、暴走ドラゴンの朱音と日頃から接していると、特にそう感じる。

外見だけで糸青や朱音に恋して結婚した男は、死ぬほど苦労するだろう。実際、才人は頭髪をすべて失いそうなレベルで難儀している。

「はぁ……やっぱり……いいなぁ……」

陽鞠は夢見るような瞳でつぶやいた。

「いいなって、なにがだ？」

「あっ、ううん！　才人くんの考え方、素敵だなって思って！　私に告白してくる人とか、みんな私のこと全然知らないからね！『私のどこを好きになったんだオマエは！　この胸か！』とか思っちゃう」

「美人も大変だな」

才人が肩をすくめると、陽鞠は顔を赤くする。

「も、もー、美人とかっ、才人くん大胆すぎ！」

「ただの感想だ。お前は美人じゃないのか？」

「本人に聞いちゃう!?　そうだよって答えたら、私ナルシストじゃん！」

才人は堂々と告げる。

「俺は自分で自分のことを天才だと断言できる」

「ナルシストだー!!」

世間一般にはその通りだというのは、間違いなかった。

とはいえ、自分の能力を正当かつ客観的に評価するのは重要だと才人《さいと》は考える。日本では謙遜が美徳とされがちだが、そんなものはお為《ため》ごかしの偽善だ。

陽鞠《ひまり》が咳払《せきばら》いして才人を見やる。

「恋愛について詳しいみたいだけど……でも才人くんって、童貞なんだよね?」

「だ、だからどうした!」

「あー、否定しないってことは、やっぱりそうなんだ♪」

「なにか問題あるのか」

「ううん、嬉《うれ》しい」

「俺のことを見下して楽しんでいるのか……」

疑心暗鬼に陥る才人。

陽鞠が肩を縮めるようにして笑う。

「違うよー。お揃《そろ》いだねってこと!」

「お揃い……?」

その言葉の意味するところを考え、才人は解答にたどり着いて気まずい思いをする。なぜ自分は昼間からクラスメイトとこんな際どい会話をしているのか、理解できない。

「この話はもうやめよう。そろそろ移動しないと」

「あっ、最後に一つだけ質問！　才人くんってタイプで恋はしないけど、中身を知ってる相手のことなら、好みかどうか分かるんだよね？」

「まあ……多分」

うなずく才人。

陽鞠が机に片手を突いて、才人の耳元に唇を寄せた。

長い金髪が才人の首筋を撫《な》で、香水の匂いがふわりとそよぐ。

消え入るような声で、陽鞠がささやく。

「私とかは……どうかな？」

「え……？」

才人は身じろぎした。

「それって、どういう……」

戸惑っていると、陽鞠は才人から体を離して笑った。

「なんてね！　じょーだん♪　才人くんってば、真っ赤になってカワイイ♪」

「お前な……」

「ごめんごめん！　また後でね！」

そう言って去っていく陽鞠《ひまり》の耳たぶも、真っ赤に染まっている。

――自分まで恥ずかしがってどうする……。

陽鞠がなにを考えているのか、なにをしたいのか、才人《さいと》には分からない。からかいたいのなら、ちゃんと余裕を持っていてほしい。

才人が手で扇《あお》いで顔の火照りを冷ましていると、下から声が聞こえた。

「学校で発情とは」

机の下に糸青《しせい》が潜り込み、才人の膝のあいだからぴょこんと顔を出している。

「発情はしてない」

「してる。盛りのついたオスの匂いがする」

才人に鼻先を近づけてスンスンと嗅いでくる糸青。

アイアンクローで糸青の額を食い止める才人。

「話はそこから出た後にしようか……」

「断固拒否。シセは兄《あに》くんの股のあいだに永住する」

「そこは人間の居住に適した場所ではない！」

膝にしがみつく糸青を、才人は机の下から引っこ抜いた。

幽霊騒ぎが起きてから、朱音《あかね》とのケンカは減ったが、別の意味で消耗が激しい。パニックに陥っているときの朱音は、距離感というものを忘れてしまっている。

疲れた才人《さいと》は、昼休みの屋上に避難していた。

屋上にいるのは、才人と糸青《しせい》の二人だけ。自宅より安全なくつろぎの空間だ。

才人はプロテイン代わりの牛乳を片手に、飲み屋の常連客のようにぼやく。

「最近、アイツがさ……」

「嫁の愚痴か」

糸青は才人の牛乳をストローから勝手にちゅーちゅーと飲む。

「愚痴ではない。なんで朱音の話だと分かった？」

「声の調子で分かる。兄《あに》くんは嫁との関係で疲れたとき、シセの胸に逃げ込んでくる。それを癒《いや》してあげる魔性の女がシセ」

「人聞きが悪い言い方はやめろ」

「悪くない。どんな人間にも逃げ場は必要。兄くんにはシセが必要。シセにも兄くんが必要」

「それは確かなんだが……」

両親から疎まれている才人にとって、糸青は誰よりも親しい存在、家族以上の家族だ。

朱音との結婚生活が始まってからはもちろん、ずっと昔から、糸青は才人のことを変わらず支えてくれている。

「遠慮しないで、シセに甘えて。シセは溢《あふ》れる包容力で、兄くんのすべてを抱き締めてあげる」

糸青が優しく両腕を広げる。

その表情は蝋人形《ろうにんぎよう》のように艶《あで》やかで、まさに魔性というべき妖気が漂っている。見た目は可愛《かわい》らしい妖精なのに、誘いに乗ったら泉の奥まで引きずり込まれそうだ。

「手すりに乗るのは危ないからやめなさい」

「ふぁ」

才人は屋上の手すりに立っている糸青を抱っこして床に下ろした。どんなに美しくても根本的に幼いお陰で、世界は糸青の手に堕《お》ちずに済んでいる。

「それで、嫁がどうしたの？」

尋ねる糸青。

「朱音が、うちに幽霊が出るって言うんだよ。枕元に立たれたり、足音が聞こえたりするって怖がっててな。風呂まで一人じゃ入れないとか騒いで」

「兄くんのえっち」

糸青がジト目で才人を見やった。

「エッチじゃない！　結局、一緒には入らなかったんだから！」

「でも、本当は一緒に入りたかったんでしょ」

「そ、そんなわけあるか！」

焦る才人《さいと》。邪心が皆無だったと言い切れないのがつらい。

「兄《あに》くんのむっつりすけべ」

「ムッツリスケベでもない！」

「シセは知っている……兄くんは女の子の裸を見るためなら命だって投げ出す男……高層ビルさえ登って覗《のぞ》きをする男だということを……」

「そいつは必死すぎるだろ」

才人はもっと地に足を着けて生きていきたい。

「兄くんは幽霊見たの？」

「いや、全然。ただのネズミだと思うんだが、朱音《あかね》に言っても信じないし、『あんたも幽霊の味方だったのね!?』とか疑心暗鬼になるし、もうどうしたらいいのか」

糸青《しせい》は小さな手を丸めて考え込む。

「……もしかしたら、本当に幽霊かもしれない」

「まさか……」

「あり得ない話じゃない。じーじは大勢の敵に恨まれている。リストラされて自殺した人の幽霊が、じーじが建てた家に取り憑《つ》いている可能性がある。幸せに生きている孫夫婦が許せなくて、呪い殺すために」

「だったらじーさんを呪い殺してくれ。頼む」

とんだ八つ当たりだし、そもそも才人と朱音は幸せに暮らしてなどいない。むしろ幽霊とは被害者の会を結成できそうだ。

「だいたい、幽霊なんてモノいるわけないだろう」

「いる。シセは見たことある」

糸青は表情も変えず言い放つ。

「マジで!?」

「まじ。メロンパンとかくれたこともある」

「それは幽霊ではないと思う」

「お礼は要らないからもらってくださいお願いしますって、泣きながらお金を押しつけていったこともある」

「そんな生々しいのは断じて幽霊じゃない。お前のファンだ」

知らない人間にいきなり金をプレゼントされるのは並の幽霊より恐怖だが、そこまで他人を異常行動に走らせてしまうのが、糸青の魔性である。

「その金はちゃんと警察に届けたよな?」

才人が確認すると、糸青は首を横に振る。

「んーん。兄《あに》くんと遊ぶのに使った」

「くっ……共犯とは……」

頭を抱える才人《さいと》。今度から糸青《しせい》の金の出所はきちんとチェックしなければならない。汚い……というか怖い金を使うのは避けたい。

「とにかく、兄くんの家に『なにか』が出ているのは事実。幽霊じゃなくても、放っておいたら大変なことになる」

「まあ……そうだよな……」

考えてみれば、ネズミにしては大きな物音が聞こえていた気がする才人である。万が一にも犯罪者だったら、才人と朱音《あかね》の身が危うい。

「なにがいるのか、シセが調べてあげる。シセは兄くんみたいに鈍くないから、幽霊の正体を突き止められるはず」

「でも、シセが結婚のことを知ってるって、朱音にバレたら面倒だぞ」

才人が情報を漏らしたのではないかと、朱音は憤慨するだろう。

「だいじょーぶ。その辺は、シセがなんとかする」

「なんとかって？」

「なんとかは、なんとか。兄くんは安心して任せてくれていい。シセが不埒《ふらち》な侵入者から、大切な兄を守ってみせる」

糸青は頼もしく請け合った。


才人と一緒に3年A組の教室へ戻ると、糸青は朱音の席に駆け寄った。

「朱音、朱音。ちょっと話がある」

「え……私に？ なにかしら？」

朱音は怪訝《けげん》そうな表情だ。

入学したときからクラスは同じだが、朱音と糸青には直接の関わりがなく、二人が雑談しているところを才人はほとんど見たことがない。

糸青が朱音の机に手を乗せて告げる。

「朱音って、兄くんと結婚してるでしょ？」

「!?」

凍りつく朱音。

——なぜここで言う!?

ぎょっとする才人。しかもストレートの剛速球だ。

すぐさま朱音が殺し屋のような目を才人に向ける。

——あんたが教えたのね!?

──違う違う！

慌てて手を振る才人《さいと》。

普段は気持ちの伝わらない天敵同士だが、今回ばかりはアイコンタクトで瞬時にメッセージが送受信される。

そんな才人たちの反応を気にもせず、糸青《しせい》が続ける。

「シセはなんでも知っている。兄《あに》くんと朱音《あかね》が二人で暮ら──」

「よおおおおしっ、ちょーっと散歩に行こうかあああっ！」

「そうねみんなでお散歩よ！」

才人が糸青の口を塞いで頭を抱え、朱音が糸青の脚を抱えて、全速力で誘拐する。廊下の生徒たちは「いつもの誘拐か……」といった生温かい目で眺めている。

才人と朱音は空き教室に駆け込み、ドアを閉めて糸青を監禁した。

「流れるようなちーむわーく……これが夫婦のチカラ……」

糸青は感服している。

「やばい話をするときは場所を考えろ！」

「ちゃんと考えた。近くには誰もいなかったから、聞かれる心配はなかった」

「いつ誰が来るか分からないだろ！」

「それもまたスリル。人生はギャンブル」

「スリルなんて要らん！」

才人が抗議していると、朱音が黒板に拳を叩《たた》きつける。

「才人、あんた……さあ……」

前髪を苛立《いらだ》たしげに手で掻《か》き上《あ》げ、額には青筋、般若《はんにゃ》のように目を吊《つ》り上《あ》げた、大激怒モードである。

「私たちの関係、人に言っちゃダメって言ったわよね⁉ なに考えてるの⁉ 潰されたいの⁉」

「どこを⁉」

才人は素早く朱音とのあいだに距離を作った。

糸青がビシッと手を挙げる。

「股間がオススメ」

「オススメするな！」

才人は下半身を机の陰に隠して守った。

「誤解しているようだが、俺はシセに話していない！ シセが自分で調べたんだ！ な、シセ⁉」

同意を求められた糸青が、手の平を差し出して制止する。

「待って、今忙しい。昨日見た漫才のオチが思い出せなくて困ってる」

「そんなの今はどうでもいいだろ⁉　俺の命がかかっているんだ‼」

才人《さいと》は必死だった。

糸青《しせい》は額に手を当てて苦悩する。

「兄《あに》くんの命と漫才のオチ……どちらを選ぶべきか……」

「迷うなよ！　お前は俺の敵なのか味方なのか！」

最期の最期で背中から刺されるのは壮絶なバッドエンドである。

朱音《あかね》は黒板消しを両手に構え、じりじりと才人に迫ってきている。黒板消しでいったいどんな攻撃を仕掛けてくるつもりかは不明だが、ピンチだということは分かる。

「落ち着いて。兄くんの言葉に嘘《うそ》はない。シセは、自分で二人の結婚について調べた」

「本当……？　才人をかばっているんじゃなくて……？」

朱音は半信半疑の表情だ。

「何人《なんぴと》たりとも、シセの目を欺くことはできない。シセは真実の求道者であり、原初に到達した真実の体現者である」

「なんか教祖みたいなこと言い出したぞ……。そっちの方向に行くのだけはやめろ」

糸青のカリスマなら、普通に世界中の人間を教化して操れそうだ。

「じーじも、兄くんの親も結婚のこと知ってるのに、シセに隠し通せるわけがない。じーじの部下も、シセの言うことはなんでも聞く」

「お前、北条《ほうじょう》グループを乗っ取ろうとしていないよな？」

才人は不安になった。

「シセは無欲。兄くんの魂しか要らない」

「……悪魔!?」

糸青と契約をした覚えはないものの、余計に不安が募る。

「なるほど……確かに、才人の家族に気づかれないわけがないわよね。黙っていてごめんなさい、糸青さん」

「問題ない」

親指を立てる糸青。

――コイツ……俺以外にはちゃんと謝れるのか……？

才人は微妙な気持ちになる。

朱音が才人を睨《にら》み据《す》える。

「でも、だったらどうして糸青さんが知ってるってこと、私に隠していたの!?」

「それは朱音が怒るから……」

「怒らないわよ！」

「今怒ってるだろ！」

「これは怒っているうちには入らないわ！」

主張する朱音《あかね》の表情は悪鬼羅刹《あっきらせつ》だ。

糸青《しせい》がやれやれといったふうに首を振る。

「新婚だからといって、学校でまでイチャイチャしないでほしい」

「『イチャイチャはしてない！』」

才人《さいと》と朱音は同時に叫んだ。

糸青は机によじ登り、白タイツの脚をぶらつかせながら話す。

「兄《あに》くんから聞いた。家に幽霊が出て困っていると」

「そ、そうなのよ！　しかもコイツはお化けだって信じないし！　事の重大性を分かっていないの！」

「シセには分かる。その家は……悪霊に取《と》り憑《つ》かれている」

「やっぱり!?」

朱音が糸青の方に身を乗り出す。

「二人から、とてつもない邪気を感じる。朱音の意志の力で、ギリギリ悪霊の侵食を防いでいるのが現状。よく一人で頑張った」

「ぐすっ……糸青さん……」

糸青に頭を撫《な》でられ、涙ぐむ朱音。

「お、おい……お前ら……」

なんだか雲行きが怪しくなってきたのを才人は感じる。

これは、あれだ。心身共に追い詰められた人が、謎の霊媒師にあることないこと吹き込まれて信じ込んでしまうヤツだ。睡眠不足とストレスで、まともな判断力がなくなってしまっているのだ。

「早く除霊しないと、災いが広がる。朱音の成績が、全教科五十点ずつ下がるかもしれない……」

「そんな恐ろしい災いが⁉」

朱音は肩をわななかせた。

「たいした災いじゃないだろ……」

才人の指摘は、敏腕除霊師の言葉に引き込まれた朱音の耳には届かない。

「どうしたらいいの、糸青さん⁉」

「シセが、家を『見る』だけでいい。それだけで、なにがいるのか、どうやったら彼らを祓《はら》えるのか、『知る』ことができる。シセを信じて」

糸青が朱音の肩に、穏やかに手を乗せる。

朱音は目をグルグル回してうなずく。

「信じるわ！　いくらお支払いしたらいいかしら⁉」

「金はやめろ！」

すんでのところで才人《さいと》は、嫁と妹の金銭の授受を阻止した。

学校から自宅に至る道を、才人、朱音《あかね》、糸青《しせい》の三人が帰っていく。

街路樹に彩られた広めの歩道。自転車通学の生徒たちが、制服をなびかせて三人の横を走り抜けていく。

糸青は普段通りの無表情だが、足取りが心持ち軽い感じもするから、上機嫌なのかもしれないと才人は思う。

「兄《あに》くんと一緒に帰るの、久しぶり。朱音と一緒に帰るのは、初めて?」

「そ、そうね……」

朱音は落ち着かない様子でしきりに辺りを見回している。クラスメイトに遭遇するのを気にしているのだろう。

「やっぱり朱音は俺たちと別に帰った方が良かったんじゃないか?」

「ダメよ! 糸青さんは目立つし、誰かに尾行されてうちを突き止められるかもしれないわ。知り合いがついてきていないか、私がちゃんと見張っておかないと!」

「さすがに尾行されたりはしないだろ」

才人は肩をすくめるが、糸青が首を振る。

「シセ、よく尾行される。この前はクラスの女子が家までついてきて、シセの部屋で『おかえり』って笑ってた」

「ホラーすぎる！　無事だったのか!?」

「ぶじ。そんなこともあろうかと、じーじにコレ持たされてる」

てってれーと糸青が取り出したのは、魔法のステッキのような物体。

だが、電極の突き出た先端に、激しい火花が散っている。

「北条《ほうじょう》警備特製・絶対に跡が残らないから裁判必勝スタンガン～」

「ファンシーな見た目とは正反対の悪質なネーミングだな……」

「でも、訴えられたことは一度もない。クラスの女子からも次の日『もっとやって！　お願い！』って言われた」

「それは防犯の効果はあるのか」

むしろ癖になってしまっているようでは逆効果だった。

朱音が興味津々で覗《のぞ》き込《こ》む。

「スタンガン……実物は初めて見たわ。可愛《かわい》いわね」

「二本あるから、朱音に一本あげる。兄くんにセクハラされたときなどに使うといい」

「ホント!?　助かるわ！」

「待て。軍備を増強させるな」

スタンガンを手渡そうとする糸青《しせい》を、才人《さいと》は抱き上げて朱音《あかね》から引き離す。ただでさえ危険な自宅をこれ以上の戦場にしないでほしい。

「シセはこのスタンガンで何体も霊を退治してきた」

「スタンガンって、霊にも効くの!?」

糸青はもっともらしくうなずく。

「効く。霊は磁場の乱れ、脳の電気信号セットが遊離して自律行動を始めたものだから、電気に弱い」

「なるほど……糸青さんって詳しいのね……」

朱音は尊敬の眼差《まなざ》しを糸青に向けている。溺れる者は藁《わら》をも掴《つか》むというが、まさにその通り。本来は頭脳派のはずなのに、まんまと乗せられてしまっている。

才人は糸青にささやく。

「あんまり朱音を惑わすな。そういうのにハマりすぎて、幸運の壺《つぼ》とか買ってくるようになったらどうするんだ」

糸青も小声で返す。

「大丈夫、これも作戦。シセのことを凄腕《すごうで》の除霊師だと思わせたうえで『この家に霊はいない！』って宣言すれば、朱音は安心できるはず」

「まあ……そうかもしれないが……」

自信たっぷりに胸を叩《たた》く糸青。

「シセはいつでも兄《あに》くんの味方。悪いようにはしない」

「それは悪いようにするヤツの台詞《せりふ》なんだよなぁ……」

とはいえ、糸青が才人にとって不利益なことをしないのも、才人は重々承知している。

ここは信用して任せるべきだろう。

自宅に到着する三人。

朱音が鍵を開け、糸青が玄関に足を踏み入れる。

「これは……」

「どうでしょうか、先生……」

いつの間にか朱音から糸青への尊称は「先生」になっている。

——さあ、言ってやってくれシセ！　ここには霊はいないと！

才人が期待を込めて見守っていると、糸青が重々しく告げる。

「無数の霊がひしめいている……この家はもうすぐ、冥界に沈む」

「シセ——!?」

才人は耳を疑った。

真っ青になる朱音。

「め、冥界!?　もう手遅れ!?　家ごと燃やした方がいいかしら!?」

キッチンに走って行こうとする朱音《あかね》を才人《さいと》は止める。クラスメイトの女子に放火などという重罪を犯させるわけにはいかない。

「早まるな！」

「心配しないで。そのためにシセが来た。これから霊障の中心を突き止めて、それを破壊することで霊を散らす」

「お願いします、先生……！」

朱音は救世主を見る信者の目だった。

糸青《しせい》はぽいぽいと靴を脱ぎ散らかして玄関に上がる。自宅のような気軽さで、廊下をリビングへと走っていく。

「こっちから、霊の気配がする」

冷蔵庫のドアを開け、爪先立ちする糸青。両手で抱えてプラスチックの容器を取り出す。

「それは……作り置きのキンピラゴボウね……」

「危険な匂いを感じる……なんとかしないと、家族全員が倒れる……」

「そんな！　昨夜《ゆうべ》作ったばかりなのに！」

朱音は恐る恐るキンピラゴボウの入った容器を眺める。

「一つだけ解決策がある。霊に耐性があるシセが、このキンピラを全部食べれば……」

「霊を先生の胃の中に封印できる……!?　でも、先生の体は……!?」

「爆発するかもしれない……」

「爆発!?」

目を見開く朱音。

「だけど、問題ない。二人を守るためなら、シセはどうなっても――」

「お前それ食べたいだけだろ」

容器を開けようとする糸青の手を、才人が掴《つか》む。糸青は隠しきれぬ欲望に駆られ、よだれを垂らしている。

「先生、真面目にやってください!」

信者の朱音からも苦情が入る。

「むぅ……」

糸青は容器を冷蔵庫に渋々戻した。

敏腕除霊師の威風堂々、オープンキッチンとリビングへ視線を走らせる。

「幽霊を見たのは、どこ?」

「はっきりと見たわけじゃないけど、リビングから走り回る音が聞こえたことがあるわ。夜の八時くらいだったかしら」

「お……?」

目を瞬《しばたた》く糸青。

「先生、なにか気づいたことが……?」

ご託宣を心待ちにする朱音《あかね》。

「んー……。んー?」

糸青《しせい》は人差し指を頬《ほお》に添え、体ごと小首を傾《かし》げる。

「いるの? いるのね、リビングに子供の霊が! 今もこっちを見ているのね!?」

パニックに陥った朱音は、カウンターの陰に身を隠し、シンクの下から包丁を取り出そうとする。

しかし、取り出せない。なぜなら才人《さいと》が死力を尽くしてドアを押さえているせいだが、そのことさえ分からないくらい朱音は慌てている。

「断定するには、まだ情報が足りない。もっと調査が必要」

糸青はリビングから廊下に出た。

ついていく才人と朱音。

「心当たりはあるんだな? うちにはなにがいるんだ?」

「はっきりするまでは、素人さんは知らない方がいい」

「素人さんって……」

そもそも糸青もプロの除霊師ではない。

朱音は体を抱き締めて震えている。

「きっと冷蔵庫から無限に霊が湧いているのよ……冥界との門が開いているのよ……」

「なぜうちがそんなミステリースポットになっているんだ。もしそうだったら嬉《うれ》しいが」

「なんでよ⁉ あんたは冥界の使者なの⁉」

警戒心も露《あら》わに才人を睨《にら》む。

「冥界の使者ってなんだ。オカルトは信じていないが、未知に遭遇できるのはワクワクするだろ」

「しないわよ！ あんたの神経を疑うわ！ それでも人間なの⁉」

ついに種族を疑問視された。

糸青は迷いのない足取りで階段を登り、ドアの前で立ち止まる。

「ここは？」

「俺の勉強部屋だな。勉強には使っていないから、読書部屋みたいなもんだが」

「えっちな本を読むために使ってる？」

「才人……？」

少女二人から白い目を向けられる。

「エッチな本など読んではいない！」

糸青が探偵のように才人の胸に人差し指を突きつける。

「シセは知っている。兄《あに》くんの読む本には、えっちなシーンが結構あることを。シセが覗《のぞ》こうとしたら、急いで本を閉じてしまうことを」

「な、なぜ……」

「シセには分かる。兄《あに》くんが本を閉じたページの厚さを覚えておいて、そのページを後で開いてみたことがあるから」

「くっ……」

才人《さいと》は奥歯を噛《か》んだ。

憤慨する朱音《あかね》。

「私の家でえっちな本を読むなんて、許せないわ！　穢《けが》らわしい！」

「普通の小説だ！　映画だって濡《ぬ》れ場《ば》くらいあるだろ！」

「兄くんのえろ本部屋を調べないと」

「エロ本部屋じゃない！」

「不健全な本は没収よ！」

意欲に燃える糸青《しせい》と朱音が、勉強部屋に突入する。

「目的が変わってないか!?」

才人は抗議するが、少女たちの勢いは抑えられない。糸青が小柄な体を活《い》かしてクローゼットに潜り込んでいく。

「おー」

クローゼットの中から、糸青のこもった声が聞こえてくる。

「なにか見つかったの!? えっちな本の霊!?」

「いろいろ混ざりすぎだろ! 調査対象は絞れ!」

才人は糸青の脚を掴《つか》んで引きずり出す。

「兄くんのパンツ、発見」

糸青は誇らしげにパンツを掲げた。

「な、なんてモノ見せるのよ!」

朱音は真っ赤になって手の平で目を塞ぐ。

糸青は才人のパンツに鼻をうずめ、すんすんと嗅ぐ。

「兄くんの匂いはしない。洗剤の匂い。ちゃんと洗ってある」

「当たり前だ!」

才人はパンツを取り返そうとするが、糸青は身軽に逃げ回る。

「宝物は第一発見者のモノ。これはシセがいただく」

「糸青さん、手が腐るわ! 今すぐ捨てて!」

「捨てたら俺がノーパンになるだろ!」

「兄くんのノーパンには、すべての社会問題を解決する力がある」

「そんなものはない!」

「パンツを穿《は》かないなんて変態よー！」

「朱音《あかね》が捨てろと言ったんだろ！」

混沌《こんとん》に包まれた勉強部屋から少女二人を追い出し、パンツを奪還するまでにしばらくの時間がかかった。

息を切らして床にうずくまる才人《さいと》。今後はパンツの棚に鍵をつけておかなければならないと決意する。糸青《しせい》はともかく朱音に下着を見られるのは厳しい。

「次は、朱音の勉強部屋を調査する」

「待って……糸青さん……私の部屋は、霊なんていないから……安全だから……」

地獄の瘴気《しょうき》が貼りついたような顔で、朱音が糸青の肩を掴《つか》む。糸青は前に進もうとするが、まったく進めていない。

「朱音はパンツを発掘されたくない？」

「されたくないわ！　普通に幽霊を探して！」

「パンツの方が面白いのに」

「面白くないわ！」

鉄壁のガードに阻まれ、糸青は朱音の勉強部屋から離れる。

無言で糸青の左右を固める、才人と朱音。気を抜いたら、なにを掘り出されるか分かったものではない。

三人は二階の廊下を歩き、寝室にやって来た。

朱音が恐ろしそうに身をすくめる。

「ここで私が寝ていたら、枕元に影が立っていたのよ」

「どんな影？　チュパカブラみたいな感じ？」

事情聴取する糸青。

「チュパカブラがどういうものかは知らないけど、子供くらいの小さな影だったわ」

「噛《か》みついてきた？」

「いいえ。私が大きな声を出したら、すぐいなくなっちゃったから……」

「なるほど……」

糸青はこぢんまりと腕組みして考え込む。

「なにか分かったの？」

「…………………」

「糸青さん？」

朱音が糸青の肩に触れようとするが、才人が止める。

「ちょっと待ってやってくれ。こう見えてシセは頭がキレる。今もコイツの脳細胞が、高速であらゆる可能性を計算しているんだ。シセなら……必ず真実にたどり着ける」

「そ、そうね……。糸青さんなら……」

固唾《かたず》を呑《の》んで見守る、才人《さいと》と朱音《あかね》。

やがて、糸青《しせい》がおもむろに顔を上げた。

「幽霊の正体が、分かった」

「ホント⁉　なに⁉」

朱音が身を乗り出す。

「猫だろ⁉　それとも鼠《ねずみ》か⁉」

才人も答えを待つ。

沈黙に満たされた寝室。

ただ者ならぬ威厳を漂わせ、糸青が人差し指を突き上げて告げる。

「幽霊の正体は…………シセ‼」

「「……は？」」

才人と朱音は間抜けな声を漏らした。

「え、えっと……どういうことかしら？」

困惑する朱音。

「幽霊の出現した場所、出現した時間、そして行動パターンから推理した。幽霊はシセ。なぜならシセは何日か前からこの家に遊びに来ているから」

「だったら早く言え！」

「ふにー」

才人は糸青のほっぺたを左右に引っ張った。

「なるほどー、糸青さんだったのねー、良かったー。だったら早く言って！」

朱音は安堵《あんど》しながら怒るという器用な百面相を繰り出す。

犯人が分かった以上、ここからは尋問の時間だ。マシュマロのような感触のほっぺたを引き伸ばしつつ、才人は糸青に尋ねる。

「鍵は閉めておいたはずだが、どうやって入ったんだ？」

「ふにー」

「不法侵入なのはまあシセだからいいとして、なぜ俺たちに秘密で入っていた？」

「ふにー」

「お前には弁護士を呼ぶ権利はない。それは分かっているな？」

「ふにー」

「才人、ほっぺたを放してあげて。ふにーしかしゃべれなくなっているわ」

朱音が人道的介入をする。

「仕方ない、五分だけだぞ」

才人は犯人のほっぺたを解放した。

頬《ほお》をさする糸青は痛がっている様子でもなく、むしろ楽しそうだ。

「質問に一つずつ答える。まず、鍵はじーじにちょうだいって言ったらすぐくれた」

「あのじーさん……」

才人《さいと》は顔を引きつらせる。

関わる人間から漏れなく愛される糸青《しせい》だが、それは祖父の天竜《てんりゅう》も例外ではない。才人には注がない孫バカも加わって溺愛に近く、糸青のおねだりなら無条件に叶《かな》えてしまう。

糸青がピースサインのように指を立てる。

「質問二つめ。兄《あに》くんたちに内緒で入っていたのは、ラブラブ新婚夫婦の夜をジャマしたらいけないと思ったから」

「ラ、ラブラブじゃないわ！」

真っ赤になる朱音《あかね》。

「ラブラブだった。寝ている兄くんがベッドから落ちそうになっているのを、朱音が一生懸命頑張って……」

「きゃー！　きゃー！」

糸青の報告を、朱音の悲鳴が掻《か》き消《け》す。

「俺が落ちそうなのを……なんだって？」

「さ、才人が落ちそうなのを、さらに蹴り落としてトドメを刺したのよ！」

「酷《ひど》いことをするな!?」

「油断するのが悪いのよ！　一瞬でも背中を見せたら死ぬのが、この家なのだから！」

「嫌な家すぎる！　俺はもっと普通の家に住みたい！」

「朱音《あかね》はそんなことしてない。本当は……」

糸青《しせい》が言いかけるが、朱音が慌てて妨害する。

「静粛に！　この話題はもうやめましょう!?　他のこともまとめて水に流すから！」

「いったい俺はなにをされていたんだ……」

才人《さいと》の疑惑と不安は深まるばかりである。

蹴り落とされるより残酷なことなんて、簡単には思いつかない。もしかしたら自分はとっくに死んでいるのかと考えるが、そういう感じでもない。

「事件も無事に解決したし、報酬に晩ごはんを食べていきたい」

「探偵も犯人もシセだったけどな！」

盗《ぬす》っ人猛々《たけだけ》しい、とんだマッチポンプだ。

「前に朱音の手作り弁当を食べたけど、すごくおいしかった。兄《あに》くんだけ朱音の手料理を毎日食べられるのはずるい。あれは絶品」

「そ、そう……？」

朱音はぴくりと肩を動かす。

「ほっぺた落ちるかと思った。朱音の料理は、世界一」

「ま、まあね！ 誰よりも研究と努力を重ねているもの！ 分かる人には分かるわよね！ 銀河系中、いいえ並行世界すべて探しても、私に勝てる料理人はいないわよね！」

鼻を突き上げる朱音。あからさまに調子に乗っている。

「シセは、朱音のごはんが食べたい。シセ、おなかすいた……」

糸青が朱音の服をつまみ、砂糖菓子のように甘くささやく。

必殺の上目遣い。

この攻撃に耐えられる人間は、今のところ才人以外に存在しない。朱音の目もクラクラと揺れている。

「わ、分かったわ！ 糸青さんの食べたいもの、好きなだけ作ってあげるわ！」

朱音はあっさり陥落した。


「おいしい……てんごくのあじ……」

糸青が茶碗《ちゃわん》を抱えて、ぷるぷると震えている。

テーブルにずらりと並んでいるのは、湯気に包まれた料理の数々。

焼きそばに唐揚げ、焼き魚と肉じゃがにホットケーキなど無秩序なラインナップだが、いずれも糸青の注文に朱音が手放しで応えた結果だ。

「口に合って良かったわ！　まだ欲しいものがあったら、どんどん作るからね！」

「じゃあ、シチューとカレーとハヤシライスとラーメンと冷やし中華……」

「お前は少しは遠慮しろ」

才人《さいと》は糸青《しせい》の頭を小突いた。どれだけ食べるつもりなのか恐ろしい。

「遠慮なんて要らない。自分の家だと思ってくつろいでいい」

「それはシセが言うことじゃないな」

「気にしないで、糸青さん。私もそのくらい喜んでもらえた方が作りがいがあるわ。最初は『おいしい』さえ言ってくれなかった誰かさんとは違ってね」

朱音《あかね》が才人に非難がましい視線を向けてくる。

「ほら」

糸青がドヤッとした視線を向けてくる。

「くっ……」

才人は拳を握り締めた。

とはいえ、いつもは二人の夕食だから、人数の増えたテーブルも悪くない。家族らしい賑《にぎ》やかな空気が漂っている。

「兄《あに》くん、お魚ほぐして」

「はいはい」

才人は焼き魚の身を骨から外してやる。

それを糸青が山盛りのご飯に載せて、いっぺんに頬張《ほおば》る。絶世の美少女なのに恥じらいもなく、見ていて惚《ほ》れ惚《ぼ》れする食べっぷり。

「うまうま」

糸青は頬をリスのように膨らませ、幸せそうに焼き魚と白飯をがっつく。そのせいで口の周りには米粒が無数にくっついている。

「また弁当つけてるぞ」

「んっ……」

才人が指で米粒を取ってやると、糸青は目をつぶって身を任せる。まるでシャンプーをされているときの小動物のようだ。

「ちょっ……」

朱音が声を漏らした。

「どうした？」

「……ううん、別に」

などと言う割に、渋い顔をしている。

——糸青のマナーが悪すぎて怒ったのか……？

才人が考えていると、糸青が才人の皿から手掴《てづか》みで唐揚げを取った。

「おい。人のモノを勝手に食べるな」

「むぐむぐ！　むぐむぐむぐむぐ！」

才人《さいと》が取り返そうとするも遅く、たちまち唐揚げは糸青《しせい》の胃袋に消えていく。

満足そうに息をつく糸青。

「兄《あに》くんのモノは、シセのモノ」

「そんなわけあるか」

「ある。妹は兄のすべてを所有すると、憲法でも決まっている。シセは調べた」

「流れるように嘘《うそ》をつくな」

兄の人権が妹に踏みにじられる国には、才人は暮らしたくなかった。朱音《あかね》の作る唐揚げは才人も好きなのだ。

「仕方ない。シセは優しいから、ワガママな兄くんに焼きそばをあげる」

「だから手掴《てづか》みはやめろ！」

素手で焼きそばを握り締めて迫ってくる糸青。小さな手のあいだから、幾筋もの焼きそばが垂れている。優しさの欠片《かけら》もない光景である。

糸青は構わず才人の口に焼きそばを突っ込み、首を傾《かし》げる。

「おいしい？」

「旨《うま》いのは旨いが……できれば普通に食べたかった」

才人は焼きそばを噛《か》み締《し》めながら微妙な感情に苛《さいな》まれる。

さりげなく見やると、朱音の表情はさっきよりも険しくなっている。

——まずいな……。

才人は家庭の平和の危機を感じた。

糸青の耳元で声を潜める。

「もうちょっと行儀良くしてくれ。朱音は真面目なんだ」

「シセは行儀良くしている。まだテーブルの上で踊り出したりしていない」

「それはさすがに俺も見たことがないし、見たら今までの関係を考え直すぞ」

「兄くんに縁を切られるのは困る。なんでもするから捨てないで」

糸青は才人にぴっとりとしがみつく。

朱音の眉間の皺《しわ》が、もう一本増える。

「ほら、朱音が怒ってる。食事中くらい大人しくしておけ」

「分かった。シセは恥を忍んでお嬢様のフリをする」

「いやお前は本物のお嬢様だろ」

才人の父は北条《ほうじょう》グループから追放された平凡なサラリーマンだが、その妹、すなわち糸青の母は、系列企業で社長を任されている。才人の冴《さ》えない実家とは違って、糸青の家は立派な屋敷だ。

糸青《しせい》は居住まいを正し、凛《りん》と背筋を伸ばす。完璧な所作でナイフとフォークを持ち、静かにホットケーキを切って口に運ぶ。

まさに深窓の令嬢。神秘的なまでの美貌もあいまって、巨匠の名画のようにすら見える。

「……やればできるじゃないか」

才人《さいと》が感心すると、糸青は優雅な仕草で口に手を当てる。

「当然ですわ。おほほ」

「おほほ……？」

一気に雲行きが怪しくなった。

「お兄様のご命令なら、わたくし、どんな恥ずかしいことだってできますの。今夜もお兄様のしもべであるわたくしに、欲望のままに命令してくださいまし」

糸青は身をよじってしなを作る。

わなわなと震える朱音《あかね》。

「さ、才人……。あんた、いつも糸青さんにそんなことを……？」

「誤解だ！　シセも言い方を考えろ！」

「おほほ」

才人は糸青の肩を揺さぶるが、糸青はわざとらしい笑い声を漏らすだけだった。

夕食が終わり、大量の洗い物を才人が片付ける。

糸青はキッチンの椅子に膝立ちになって、食器洗いの作業を眺めている。

「意外。あの兄《あに》くんが、真面目に家事をやるなんて」

「朱音ばっかりにやらせるわけにはいかないからな。料理は朱音、片付けは俺だ」

才人は大きめの声で朱音にアピールしてみる。

どうも朱音の機嫌がよろしくないから、少しでも好感度を稼いでおきたい。だが、朱音は気づいている様子もなく、テーブルで黙々と勉強をしている。

「いつもコップが腐るまで放っておいた兄くんが……」

「放っておいてもコップは腐らん」

「悲惨なゴミ屋敷の中で無邪気に笑っていた兄くんが……」

「俺を可哀想《かわいそう》な人みたいに言うのはやめろ」

才人は蛇口を閉め、濡《ぬ》れた手をシャツで拭いて、ソファに腰を下ろした。

糸青もちょこまかとついてくる。才人の膝にダイブし、両腕を乗せて寝そべる。

「せっかくのお泊まりだから、兄くんといっぱい遊びたい」

「もちろん、いいぞ。なにする？」

「ゲーム。臓物ハザード３の協力プレイ」

「ぞうもつはざーど!?」

糸青《しせい》のオーダーに、朱音《あかね》がびくっと参考書から顔を上げた。

「朱音も臓物好き?」

「好きじゃないわよ! 生理的に無理!」

「臓物、ぷにぷにしてて可愛《かわい》いのに」

「かわいい……?」

糸青の美的感覚は常人には理解できないようだ。才人《さいと》にも理解はできない。

才人は糸青にささやく。

「今日は臓ハザはやめておこう」

「どうして? 兄《あに》くん、臓ハザ大好きなのに。だからシセは……」

「朱音はホラーが苦手なんだ」

「だったら、朱音に自分の部屋で勉強してもらえばいい」

「そういうわけにもいかんだろ……」

追い出すような形になってしまっては、今後の結婚生活が心配だ。特に朱音の虫の居所が悪そうな現状では、なるべく刺激するのは避けたい。

「じゃあ、兄くんが選んで。シセは、兄くんと一緒ならなんでもいい」

糸青は才人の膝に座って、顔を覗《のぞ》き込《こ》んできた。無表情だが、共に育ってきた才人には糸青が微笑《ほほえ》んでいるように感じられる。

「新しく買った猫のパズルがあるんだ。パズルっていうか、アクションかな。やるか?」

「兄くんが手取り足取り教えてくれるなら」

「りょーかい」

才人は糸青を膝に乗せたまま、コントローラーでゲームを起動した。

テレビの画面に、何百匹もの猫が表示される。服を着ていたり、帽子を被《かぶ》っていたりと、それぞれの猫に特徴がある。

「宇宙から襲ってきた悪戯《いたずら》好きの猫を捕まえるゲームだ。まあ、鬼ごっこだな。猫好きの朱音とやろうと思って買っておいたんだが……」

才人が視線をやると、朱音は顔を背ける。

「私はいいわ。明日の予習が忙しいし」

「四人までプレイできるぞ」

「妙なプレイに私を巻き込まないで!」

「妙なプレイではない!」

「そんな子供の遊びに付き合ってる暇はないって言ってるの!」

ノートに書き取りをする音も攻撃的。やはり今夜の朱音は不機嫌だ。そして理由は分からない。

「兄《あに》くん、兄くん。早く遊びたい」

才人《さいと》の膝の上で、糸青《しせい》が白タイツの脚をぱたぱたと動かす。

「お、おう……」

才人はモードとステージを選択して、コントローラーを糸青に持たせた。

広々としたステージを自由気ままに駆け回る猫を、糸青の操作するプレイヤーキャラが追いかける。なかなか猫星人は捕まらない。

「逃げ足が速い。火炎放射器のアイテムとかないの？」

「火炎放射器でなにをする気!?」

ぎょっとする朱音《あかね》。

「プレイヤーを燃やした上で、心配して見に来た猫を捕まえる」

「闇が深すぎるプレイスタイルはやめようか。普通に地形とか活《い》かして追い込んでいけばいいんだよ」

才人は糸青の手に自分の手を重ねてコントローラーを操作してみせる。土管の奥や袋小路に入ってしまった猫星人を次から次へと捕まえていく。

「おー。兄くん上手《うま》い」

「な？　自分でやってみろ」

「待って。もう少し、兄くんに手伝ってほしい」

「やり方は分かっただろ？」

「分かったけど、兄くんに手を握られてるの、気持ちいいから」

糸青は才人の手に頬《ほお》ずりする。糸青の真っ白な肌は、絹のようになめらかな感触だ。才人は愛くるしい子猫に甘えられている気分になる。

バタンと、朱音が勢いよく参考書を閉じた。

テーブルに手を突き、顔を紅潮させて才人を見据える。

「あ、あのねえ……あんたたち……」

「な、なんだ……？」

ただならぬ空気に、才人は身構えた。

「………………なんでもないわ」

朱音は再び参考書を開く。

「なんでもないってことないだろ！　さっきからなんか怒ってるだろ！」

「怒ってないわ！」

「絶対怒ってるって！　鬼みたいな顔してるし！」

「女の子に向かって鬼だなんて失礼ね！　前歯全部引き抜くわよ!?」

「怖っっ！」

紛《まが》う事なき鬼だった。妹の前で兄としての威厳を失うわけにはいかないが、才人は直ち

に自分の部屋で籠城したい気分だった。

かくなるうえは、この戦場からもっともらしい大義名分で撤退せねばなるまい。

才人《さいと》はおもむろに立ち上がる。

「もう遅いから、俺は風呂に入ってくるかな……」

「シセも入る」

当然のごとくついてくる糸青《しせい》。

「ちょっと!?　糸青さんって私たちと同い年よね!?」

朱音《あかね》が椅子から跳び上がった。

「正確には、同い年じゃない。兄《あに》くんは今十八で、シセは十七」

「そういう話じゃなくて！　一緒にお風呂入るような年じゃないわよね!?」

才人の腰にしがみつく糸青。

「シセはいつも兄くんと入っている」

「いつも!?」

「最近はあんまり入ってないからな！」

「最近は!?　あんまり!?」

朱音は目をグルグル回している。

糸青が小首を傾《かし》げる。

「二人がダメなら、三人で入る？」

「入らないわ!! お風呂は一度に一人ずつ！ さっさと入ってきなさいっ！」

「いえっさー！」

才人は爆発寸前のリビングから全速力で離脱した。

才人がベッドで本を読んでいると、入浴を済ませた朱音が寝室に入ってきた。

あいかわらず、自宅なのに一分の隙もない出で立《いた》ち。スマートフォンをヘッドボードに置くと、ベッドの端に腰を下ろす。

「糸青さんは？」

「まだゲームしてる。押し入れに客用の布団が入ってたから、リビングに敷いておいた。そのうち寝るだろ」

しかも糸青サイズの寝間着も押し入れに収納されていたから、祖父はあらかじめ糸青が新居に遊びに来るのを想定していたのだろう。

朱音は小さく息をつく。

「やっと二人でおしゃべりできるわ」

「ん……？ 俺と二人でしゃべりたかったのか？」

才人《さいと》が意外に感じると、朱音《あかね》は急いで訂正する。

「そ、そういうわけじゃないけど！　あんたに言いたい文句がいっぱいあったのよ！　糸《し》青《せい》さんの前じゃ言いにくいでしょ！」

「学校では普通にシセの前でケンカ売ってきてただろ」

朱音の辞書に遠慮という言葉はないはずだ。

「う、うううるさい！　あんまりめんどくさい絡み方すると怒るわよ！」

「もう怒ってるだろ」

そして才人は面倒な絡み方などは一切やっていない。普通に疑問を口にしただけだ。

「まあいいや。早く入れよ」

才人は毛布の端を持ち上げて促した。

「なっ……そういうのやめなさいよ！」

耳を赤くする朱音。

「どうして？」

「いやらしい感じがするから！」

「いやらしくはないだろ」

「いやらしいわ！　お、女の子をそんな……ベッドに誘うなんて……」

恥ずかしくてたまらないといったふうに、両手で頬《ほお》を抱える。

予想外の反応に焦る才人。

「さ、誘ってはいない！　お前の文句は長くなりそうだから、湯冷めする前にベッドに入ってただけだ！」

「急に優しくして、なにを企《たくら》んでいるの……？」

朱音は警戒している。

「企んでもいない！　また風邪を引いたら看病が大変だろ！」

「どうかしら……。護身用に爆弾でも買っておくべきだったわ」

「それ護身用じゃなくてオーバーキルだからな」

「才人は爆弾ぐらいじゃ死なないわ」

「俺の耐久性に過剰な信頼を寄せるな」

なんのかんのと言いながらも、朱音は毛布の中に入ってくる。

才人がリモコンで照明を消すと、常夜灯が暖かいオレンジの光で二人を包んでくれる。

浴室の熱を漂わせた朱音の髪が、すべらかに枕に流れている。

「文句、聞くぞ」

「うん……。えっと……あんた、今朝もゴミ出し忘れてたでしょ」

才人は不敵な笑みを浮かべる。

「ふふ……忘れてはいないぞ。ゴミを一週間溜《た》めたらどういう現象が起きるか、実験しているだけだ」

「やめて。絶対悲惨なことになるわ」

朱音《あかね》は怖気《おぞけ》を震う。

「やってみなきゃ分からないだろう。お前は自分の目で確かめたことがあるのか？」

「確かめたくないわよ！」

「俺はある。生命の神秘だった」

「じゃあ実験する必要ないじゃない！　もっともらしく誤魔化《ごまか》してるだけでしょ！」

「バレたか」

「バレるわよ、もう……」

呆《あき》れたようにため息をつく。

「すまん、次はちゃんとやる」

「お願いね」

普段ならもっと腹を立てるのに、今夜の朱音はやけにあっさりしている。まるで、文句つで目的なのではなく、二人の話題が欲しいだけのように。

——考えすぎか。

才人《さいと》は自意識過剰な己が恥ずかしくなる。

「他には？」

「そうね……猫のゲーム、せっかく買ってくれてるなら、早く教えてほしかったわ」

「お前はずっと勉強で忙しそうだったから、邪魔しちゃ悪いと思ってな」

「邪魔じゃないわよ。たまには息抜きもしたいし。それに……私が先にしたかったし」

「俺より先に上手《うま》くなって、俺をボコボコにしたかったのか。悪質だな」

おののく才人。

「違うわよ！　そうじゃなくて、糸青《しせい》さんより、先に……」

朱音は毛布を指でいじりながらつぶやく。

「シセもボコボコにしたかったのか……残酷だな」

「そういうのでもなくてっ、えっと、その……ああもう、分かんない！　どうして私は先に遊びたかったのよ!?」

「俺に聞かれても分からん！」

開き直った無茶《むちゃ》ぶりである。

「分かりなさいよ！　無駄に成績いいんだから！」

「無駄とはなんだ！」

「カマボコに最新のコンピュータがついてても無駄ってことよ！」

「俺はカマボコになった記憶はない！」

「可哀想《かわいそう》に、記憶が捏造《ねつぞう》されているのね……あんたは間違いなくカマボコなのに」

「間違いしかない！」

深夜にもかかわらず言い争う二人。

喧噪《けんそう》に満ちていて、でも、どこか馴染《なじ》み深《ぶか》い空気が戻ってくる。

朱音《あかね》は満足げに両腕を伸ばす。

「はあ～、すっきりしたぁ……」

「ケンカしてすっきりするとか、やばいな」

「やっぱり一日一回はあんたに文句を言わないとね」

「一日一回はサンドバッグを殴らないとね、みたいなのはやめろ」

だが、才人《さいと》も気分が軽くなっているのを感じる。

見えない不満を一人で溜《た》め込《こ》まれるよりは、ガス抜きをしてもらった方がいいのかもしれない。彼女の考えていることに、わずかなりとも近づけている気がする。

「文句はそれで終わりか？」

「あっ……あと一つ」

「なんだ？」

才人が尋ねると、朱音は気まずそうに目をそらす。

「え、えっと……その……、糸青《しせい》さんのことなんだけど」

「いきなり泊まらせたのは悪かった」

「それはいいの！　私がごはん食べてほしかったんだし！　糸青さん、とっても可愛《かわい》いし。だけど……なんていうか……ちょっと才人は糸青さんの面倒見すぎじゃないかなって」

「アイツは放っとくと道の石を食べ始めるようなヤツだからな。なにか問題あるのか？」

「問題は……ないわよね……。ないんだけど……あら……？　なんで文句言ってるのかしら……。うぅ……」

朱音の歯切れが悪い。

「ちょっとその辺り、詳しく話を聞こうか」

「詳しく聞かなくていいわ！　この話はこれでおしまい！」

朱音は寝返りを打って才人に背を向ける。

「そうはいかない。もっとお前の情報を知っておきたい」

「わ、私の情報!?　なななんで!?」

肩を跳ねさせる朱音。

「共同生活を送るうえで、同居人の情報は把握しておいた方がスムーズだろう」

「あ、そ、そういう理由ね！　なるほどね！」

「どうして慌てているんだ？」

「慌ててなんかいないわよ！　調子に乗らないで！」

「別に調子には乗っていないが……」

才人《さいと》は困惑した。

「でも……私もよく分かんないし……なぜかモヤモヤするだけで……」

「モヤモヤ？　胃もたれか？」

「胃もたれとかじゃなくて……その……ひゃっ!?」

朱音《あかね》が悲鳴を上げ、才人の方を向いて睨《にら》んでくる。

「あ、あんた……今……私のお尻撫《な》でたでしょ……」

「はあ？　そんなことするわけ……ひゃっ!?」

太ももをくすぐられ、才人も悲鳴を漏らす。

「お前も俺の太もも触ってきてるじゃないか！」

「なんでそんな恐ろしいことしなきゃいけないのよ！」

「恐ろしいのはそっちだ！　俺はドラゴンに手を出すほど無謀じゃない！」

「私のどこがドラゴンよ！　髪の毛一本残さないで焼き尽くすわよ!?」

「そういうところだよ！」

互いの枕から二人が火花を散らし合っていると。

「静かにして。眠れない」

ひょこっと、毛布の中から糸青《しせい》が顔を出した。二人のあいだに潜り込んでいたらしい。

「糸青さん!?」

「いつからいた⁉」

「人類の文明が始まる前から」

「それは嘘《うそ》だろ！」

「兄《あに》くんが『くくく……朱音が風呂から上がってきたら、今夜こそ尻を揉《も》んでやるぜ』って独りごとを言っていたときから」

「才人……やっぱりあんた……」

「それも嘘だ！」

朱音から殺意の視線を向けられ、才人は全力で否定する。女子の臀部《でんぶ》に命を賭けるほどの価値は見出《みいだ》せない。

「シセも兄くんと一緒に寝る。兄くんの家に泊まるときは、いつも一緒」

「いつも……？　お風呂だけじゃなく、寝るのも……？」

朱音の眉が痙攣《けいれん》する。

「いつもではない！　シセがどうしてもというときは、しょうがないから……」

「シセは赤ちゃんのときから、兄くんと一緒だった。兄くんとくっついているのが、一番落ち着く」

糸青の細い脚が、才人の脚に絡みつく。睦《むつ》まじく擦り寄せられる、素肌の感触。糸青は才人の胸に鼻先をうずめ、すぅはぁと満足げに深呼吸する。

「で、でも、糸青《しせい》さんのお布団はリビングに用意してあるんでしょ？」

「一人は寂しい。朱音《あかね》ばっかり兄《あに》くんと一緒はずるい」

「ず、ずるくないわよ！　私は好きでこうしているわけじゃないし！」

「本当に？」

糸青が朱音に顔を寄せて見つめる。

「本当よ！　おばあちゃんたちから出された結婚の条件で決められちゃってるの！　だから……そう！　勝手にもう一人増やしたら、おばあちゃんたちに怒られるわ！」

「それなら大丈夫。じーじに電話して許可を取った。『なんでも好きにしろ』だって」

「マジでシセには甘々だな……」

糸青が会社をちょうだいと言ったら大喜びで譲渡しそうで、才人《さいと》は脅威を覚える。

余計な野心を抱かせないよう、糸青には常に食べ物を与えておかなければならない。北《ほう》条《じょう》グループを手に入れれば肉まんが好きなだけ食べられる……と糸青が勘付いたときが才人の運の尽きだ。

「そこまで朱音が兄くんと二人きりで寝たいのなら、仕方ない」

「ふ、二人きりで寝たいとかじゃないわ！」

「えっちのジャマにならないよう、シセは床で寝る」

「えっちなんてしたことないし！」

「今夜はする予定だった？　ごめんなさい」

糸青はベッドから降りようとする。

「する予定もないわー！　変な誤解しないで！　お願いだから一緒に寝ましょ！」

朱音は大慌てで糸青を引き留めた。


才人が眠ってしまい、朱音はモヤモヤした気分のまま取り残された。

真ん中に糸青がいるお陰で、セクハラをされない安心感はあるが、しかし。

そもそもクラスメイトの女子二人と同衾《どうきん》しているのに動揺もせず、朱音しかいないときより早く眠りに落ちるなど、この男はいったいどういう神経をしているのか。

呑気《のんき》ないびきが聞こえてくるのが、余計に腹立たしい。

「朱音のおっぱい、意外と大きい」

「きゃあああああっ!?」

いきなり糸青に胸を鷲掴《わしづか》みにされ、朱音は悲鳴を響かせた。

ベッドの端から転げ落ちんばかりにして身を引き、両手で胸をかばう。

「起きてたの!?　どうして平気でセクハラしてくるの!?　そういう一族なの!?」

「セクハラじゃない。目の前におっぱいがあったから、触っただけ」

「その理屈が許されるなら痴漢も許されてしまうわ！」

「他の女子は、なんとかしてシセにおっぱいを触らせようとしてくる」

「一度、先生に相談しましょ？　ね？」

朱音《あかね》は糸青《しせい》のことが本気で心配になった。糸青が大人気なのは知っているし、皆が熱を上げる理由も分かるが、ちょっとやりすぎだと思う。

「朱音も、ヤキモチ妬《や》くんだ」

「え、なんの話……？」

「兄《あに》くんのこと。シセがイチャイチャしてたから、怒ったんでしょ」

「は、はあ⁉　怒ってなんていないわ！」

糸青の指先が朱音の顎に押し当てられる。

「嘘《うそ》。シセが兄くんと一緒にお風呂入ったり寝たりするの、止めようとしてた」

「そ、それは……この年で男子と女子が一緒にお風呂なんておかしいし！　私の家でそんないかがわしいことしてたら、止めるのが当然でしょ⁉」

まくし立てながら、朱音は全身の血液が沸騰するのを感じる。

ヤキモチなんかじゃ、ない。

自分は才人《さいと》のことを好きでもなんでもないのだから。

誤解されるのが恥ずかしくて、顔が燃えるように熱い。

「シセの目は、誤魔化《ごまか》せない」

火照りきった朱音の頬《ほお》に、糸青のひんやりした手の平が触れる。熱を確かめるように、首筋を、そして耳たぶをなぞっていく。

夜空の星よりも澄んだ瞳が、感情の片鱗《へんりん》も見逃さぬと、朱音を見つめている。

精霊に魂の奥底を探られているような感覚に、朱音は身動きもできない。

「朱音、照れてる？」

「照れてないわ！」

「兄くんは鈍いから、はっきり言わないと伝わらない」

「だからなにを言うのよ!?」

糸青が小さく息をつく。

「ちょっと、安心した。兄くんが幸せに暮らせるか、心配だったから」

「……どういう意味？」

朱音は尋ねるが、糸青は答えない。

眠っている才人の腕の中に潜り込み、彼の胸にすりすりと顔を押しつける。

「おやすみ」

「ちゃんと教えなさいよ！　ていうか、くっつきすぎ！　恥じらいがないわ！」

朱音は糸青を引っ剥《ひぺ》がそうとするが、糸青はすぐに寝息を立て始めた。

朱音の手作り弁当
おいしい
うま
うま
そ そう？
良かったわ
同じ弁当…
まさか…！
ど どうしてもって
ねだられて…
二人って
付き合ってるの⁉
ピシャアァン！
フフ…
付き合ってる
付き合って
ないわよ！

第四章

『もやもや』

episode4

才人《さいと》がリビングでまたホラーゲームにはまっているのを確かめてから、朱音《あかね》はそっとドアを閉めた。

いい加減、ああいう悪趣味なゲームはやめてほしいが、干渉しすぎると戦争が再燃する。それは嫌だった。才人も朱音の趣味に合わせてくれているのだから、こちらも多少の譲歩は必要だろう。

そう考えながら、朱音は自分の勉強部屋に入って鍵を閉める。

作戦会議の時間だ。

スマートフォンのメッセージアプリを起動し、陽鞠《ひまり》に通話をかける。

「お待たせ」

『待ってないよー。ありがとね、勉強忙しいのに時間作ってくれて』

「陽鞠のためなら、いくらでも時間は作るわ」

『ゲーセン、さっそく行ってみたよ。ゾンビを倒すゲームやってみたけど、難しいねー。すぐゲームオーバーになっちゃうし、お金貯《た》めてゲーム機買った方が安いかも』

「だったら、うちに……」

言いかけて、朱音《あかね》はひやりとする。

駄目だ。陽鞠《ひまり》を自宅に呼んだりしたら、才人《さいと》との関係を誤魔化《ごまか》すのが大変だ。

朱音が才人と結婚しているのを知ったら、陽鞠は二度と口を利いてくれなくなるかもしれない。そんなのは耐えられない。

「え、えっと……才人と話を合わせたいなら、才人の好きな本を読むのが早いんじゃないかしら？」

『あ、確かにそうかもー。才人くんって、どういう本が好きなのかな？』

「きっと、えっちな本よ」

朱音は自分のイメージだけで語った。

『なるほど、男の子だもんね。じゃあ、コンビニでえっちな本を買って読んでみるよ！』

「待って。それでどうやって話を合わせるの？」

親友が妙な方向に走り始めている気がする。

『才人くんはこういうプレイが好きなんだー？　とか、今度二人でそのプレイしようよ！　とか？』

「展開が早すぎない!?」

『だよね！　才人くんにドン引きされるよね！』

楽しそうに笑う陽鞠。

彼女の元気な笑い声を聞いているだけで、朱音も頬《ほお》が緩む。スマートフォン越しに離れていても、背中合わせでおしゃべりしている気分になる。

ひとしきり笑った陽鞠が、恥じらうような小声でつぶやく。

『それに……最初はえっちぃのじゃなくて、ちゃんと遊園地デートとか、したいし』

「……うん」

陽鞠の真剣な想《おも》いが伝わってきて、朱音は自分まで胸がうずく。

親友は、本気なのだ。

本気で才人に恋していて、愛してほしいと願っている。

朱音はそういう気持ちとは無縁だけれど、素敵だな、と少し思ってしまう。

「才人の好きな本、調べてみるわね」

『ありがとー！　ごめんね、いろいろ』

「平気よ。大船に乗ったつもりで、私に任せて！」

大見得《おおみえ》を切って通話も切り、勉強部屋を出た。

——でも、どうしようかしら……。

スマートフォンを片手に思案する。

才人に直接質問するのが簡単だが、また才人のことが気になっているなどと誤解されるのは困る。ストーカー呼ばわりされるのは尚更《なおさら》だ。

——アイツ、すぐ調子に乗るし……。ステーキが出ないとかしょんぼりしてたのは、子供みたいで可愛《かわい》かったけど。

思い出して笑ってしまう。

が、すぐ我に返り、ぷるぷると首を振る。

——可愛くないわっ！　アイツは敵よ！

こっそり本棚を見た方が面倒が少ないと判断し、足音を忍ばせて才人《さいと》の勉強部屋に近づいた。ドア越しに中の気配を窺《うかが》う。才人がいる様子はない。

朱音《あかね》はそろりそろりとドアを開け、中に飛び込んでドアを閉じた。

本棚はどこだったかと室内を見回し、机の上にノートが置いてあるのが目に入る。

表紙には、『極秘ノート』と黒のペンで大きく書かれていた。

——極秘ノート……？　なにが書いてあるのかしら……？

気になる。

すごく気になる。

あのノートには、才人が後生大事に隠しておきたい情報が保存されているのだ。

才人はいったいなにを企《たくら》んでいるのか。どうせ才人のことだから、ろくなことではないだろう。知っておかなければ、とんでもないことになるかもしれない。

——ちょっとだけなら、大丈夫よね？

朱音はごくりと唾を飲んで、極秘ノートをめくった。

最初のページに記されていたのは。

『俺のことが、そんなに気になるのか？』

「…………ッ！」

朱音はノートを破り捨てそうになり、すんでのところで踏《ふ》み留《とど》まる。そんなことをしたら、部屋に侵入したことがバレてしまって才人の思うつぼだ。

しかし、朱音の行動を見透かすような台詞《せりふ》と一緒に描かれている自画像がキザったらしくて、余計に癪《しゃく》に障る。自画像にしてはイケメンすぎるのが、また腹立たしい。

二ページ目からはパラパラ漫画になっていて、髪を掻《か》き上《あ》げながら「俺のことが、そんなに気になるのか？」と尋ねる才人が描かれている。

――アイツは暇人なの⁉　勉強部屋で勉強もしないでパラパラ漫画描いてるの⁉　私が必死に勉強しているあいだに⁉

朱音が『極秘ノート（パラパラ漫画つき）』を握り締めて肩をわななかせていると、背後から声が聞こえた。

「それ、よくできてるだろ？」

「きゃ――――⁉」

跳び上がる朱音。

振り返れば、才人《さいと》が立ちすくんでいる。

「ど、どうした？　そんな驚かなくてもいいだろ」

「違う！　違うの！　私は諜報部《ちょうほうぶ》の人間じゃないの！」

「諜報部……？」

ぽかんとする才人。

「私を罠《わな》にかけようったって、そうはいかないんだから！　ここであんたの手に落ちるくらいなら、窓から飛び出して逃げてやるわー！」

「いや待て、冷静になれ。なにを慌てているんだ？」

窓を開けようとする朱音《あかね》の腕を才人が掴《つか》む。

「しらばっくれないで！　ダミーの極秘ノートまで用意して、私が部屋に忍び込むのを予想してたんでしょ!?」

「そのノートは落書きをしていただけだが……あんまり人に見せるようなものでもないから、極秘ノートと書いておいた」

「え……じゃ、じゃあ、気づいてないの？」

「なにをだ？」

才人は怪訝《けげん》そうに目を瞬《しばたた》いている。

ほーっとため息をつく朱音。どうやら、自分の考えすぎだったらしい。

「その……ちょっとあんたに、面白い本を教えてほしかったのよ。最近読んで楽しかったのとか、オススメの本ってないかしら？」

初めからこういう質問の仕方をしたら良かったのだと、朱音はバカらしくなる。才人を調子に乗らせるのが嫌で、遠回りしすぎてしまった。

「そうだな……。『食糧と兵器から眺める 人類の歴史』とか笑えたぞ」

才人は分厚い専門書を朱音の腕に載せた。

「重っ！ これって笑いながら読むようなもの!?」

「めちゃくちゃ笑えるぞ。醜い戦争に明け暮れる、人類の愚かな歴史が記録されていて」

「すごい上から目線！ あんたは何様なのよ！」

「世界の観測者だ」

「かんそく……しゃ……？」

よく分からないけれど、とにかく非常に偉そうだ。朱音は専門書を突っ返したくなるが、陽鞠《ひまり》のためにリサーチしなければいけないので我慢する。

「他には？ もっと軽く読める本はないのかしら？」

「暇つぶしに読んでいたのは、『超人とルサンチマンの対立 勝者の行方』だな」

やはり分厚いハードカバーの本を、才人が朱音に手渡す。

「超人とルサンチマン？ あんたって、ヒーローモノとか好きなのね。結構子供ね」

「いや、ヒーローモノじゃない。哲学者ニーチェの提言する超人思想について、実際の歴史や現代の時事問題を交えて論じた本だ」

「全然軽くないじゃない！」

「なんだ、ニーチェおじさんを知らないのか？」

「もちろん知ってるけど！　倫理の授業で習ったし！」

才人《さいと》から見下されそうな気がして、朱音《あかね》は急いで告げる。

「だよな。ニーチェおじさんの言うことは基本エグいが、社会の構造を俯瞰《ふかん》することができて笑えるぞ」

「なんであんたは社会を笑うのよ……。そしてニーチェおじさんってなによ、馴《な》れ馴《な》れしいわね」

「呼び捨てにするよりフレンドリーだろ」

「どうしてあんたは偉人にフレンドリーなのよ」

あいかわらず才人の思考は理解できない。

才人が顔を輝かせる。

「感想を言い合う相手がいなくて物足りなかったから、ちょうど良かった。適当に読んでお前の感想を聞かせてくれ」

「善処するわ……」

朱音は持っているだけで頭が痛くなるような本を抱え、才人の勉強部屋から退散した。

3年A組の教室で、陽鞠《ひまり》がため息をつく。

「朱音に教えてもらった本、図書館で借りてみたんだけどさー。言葉の意味が全然分かんなくて、外国語の本読んでるみたいだったよー」

「無駄にややこしいわよね……。あんなの、絶対暇つぶしに読む本じゃないわ……」

朱音は疲れ果てて机に覆《おお》い被《かぶ》さっている。

才人に理解できるものが自分に理解できないのは許せないので、昨夜《ゆうべ》も遅くまでなんとか本を解読しようと頑張っていたのだ。

陽鞠が意外そうに目を瞬《しばたた》く。

「あれ？　朱音もあの本読んだの？」

「え、ええ……」

「なんで？」

「なんでって、それは……」

口ごもる朱音。

――陽鞠だけ読むのは、嫌だったから。

そんなこと、言えるわけがない。そもそも、なぜ嫌だったのかも分からない。

理由を見つけようとして思い悩むと、胸の奥にまた例のモヤモヤが漂い始める。

「ごめんなさい、役に立てなくて。もう少し簡単な本のオススメを聞いてくるべきだったわ」

「ううん、大丈夫！　すごい助かったよ！　本の意味が分からないなら、才人《さいと》くんに教えてもらえばいいだけだしね！」

「え？」

「ちょっと行ってくる！　話題くれてありがと！」

陽鞠《ひまり》は本を小脇に抱え、才人の机の方に走っていった。

あの行動力とコミュニケーション能力の高さは、朱音《あかね》も尊敬する。自分が負けているときに才人に助けを求めるなんてこと、朱音にはできない。

「ねえねえっ、才人くんって、この本好きだよね？　読んでみたんだけど難しすぎるから、ちょっと教えてくれないかな？」

岩のような威圧感の専門書を、陽鞠が才人の机にどんと置く。

才人は訝《いぶか》しげに眉をひそめる。

「お前……字が読めるのか？」

「さすがにひどくない!?　確かに私はバカだけど、バカにしすぎだよ！」

陽鞠は唇を尖《とが》らせた。

「いや……すまん。驚いたものだから。ギャルは本なんて読まないと思ってた」

「私は面白そうなヤツなら普通に読むよ？」

「『超人とルサンチマンの対立　勝者の行方』はギャル的に面白そうだったのか？」

「えっ？　えっと～、逆に面白そうだった！　かなっ？」

焦り気味に答える陽鞠。

ちらちらとこっちを見てくるのをやめてほしいと思う朱音。

今は助け船を出せる状況ではないし、朱音が陽鞠のために才人の情報を調べていたとバレたら、陽鞠の好意もバレてしまう危険性がある。

「逆に……？」

才人は不審がっている。

陽鞠は机に手を突いて身を乗り出す。

「と、とにかく！　この『ルサンチマン』って、どういう意味かな？」

「辞書で調べてくれ」

才人はそっけなく自分の読書に戻る。クラスの人気者に対しても容赦がない。

その態度はなによ！　と怒鳴りつけてやりたい朱音だが、自分が介入して二人の仲が悪化したら申し訳が立たない。

陽鞠《ひまり》が苦笑する。

「一時間くらい調べたけど、ネットの辞書とか説明は、いまいちピンと来なくて」

「一時間も？　頑張ったな」

才人《さいと》が本から顔を上げた。

「強者に対して弱者が抱くオンネの感情？　とか書いてあったけど、強者ってケンカの強い人のこと？　オンネってどんな感情？　って分かんないことばっかりでさ」

「多分、『オンネ』は『怨恨《えんこん》』のことだと思うが……」

「あれ、『えんこん』って読むの!?　大根みたいなヤツ!?」

「大根ではない」

「ニンジン？」

「ニンジンでもないな。根菜から離れろ」

深々とため息をつく才人だが、どことなく楽しそうだ。

読書中の本を閉じ、陽鞠の顔を見て語る。

「たとえば、頭の悪い生徒がいたとする」

「私のことだね？」

「いや、誰でもいいんだが。ソイツが頭のいい生徒に対して、腹を立てる。『なんでアイツばっかり頭がいいんだ。生まれつき才能を持ちやがってズルすぎる。俺の成績が悪くて怒られるのは、アイツみたいな優等生が存在するせいだ。俺が勉強をしていないせいじゃない。アイツは悪だ。よし、みんなでアイツを殺そう』と」

「自己中すぎるよ！」

「これが、ルサンチマンだ。努力して強いヤツを乗り越えようとするのではなく、強いヤツは悪だと考えることで、弱い自分たちを正当化する。『金持ちは悪だ！』とか『美人はズルい！』とか、そういうのも同じだな」

才人は肩をすくめた。

陽鞠が目を輝かせる。

「はー、なるほどー！　すっごい分かりやすいよー！　才人くんって、人に教えるの上手だね！」

「まあ、天才だからな」

偉そうなことを言いつつ、才人の頰《ほお》は緩んでいる。

——また調子に乗って……。

遠くから眺める朱音《あかね》は苛立《いらだ》ちを覚える。もし陽鞠ではなく朱音があそこにいたら、速攻で口論になっているところだ。

しかし、陽鞠は才人の生意気な言葉に怒りもせず、笑顔で次の疑問点をぶつけている。

それに答える才人も満更ではなさそうだ。

「陽鞠《ひまり》は巧《うま》い」

いつの間にか朱音《あかね》のそばに立っていた糸青《しせい》がつぶやいた。

「巧いって、なにが？」

「兄《あに》くんの扱い。兄くんは結構、人に教えるのが好き。頼られるのも好き。小さい頃から、ずっとシセの世話をしているから」

「そうなのね？」

「朱音も見倣うべき」

「な、なんで私の話になるのよ⁉」

たじろぐ朱音。

「朱音って、兄くんに頼らないでしょ」

「あ、当たり前よ……。アイツに頼るとか、私のプライドが許さないし。アイツの方が上だとか思われるの嫌だし」

「たまには頼ってあげたら、兄くんも嬉《うれ》しいのに」

「ど、どうして私がアイツを喜ばせないといけないのよ⁉」

「分からない？」

糸青が小首を傾《かし》げる。

「分からないわ！」

なぜ顔が熱くなってくるのかも、分からない。

「じゃあ、いい。さらば」

糸青は朱音から離れ、いつものようにクラスの女子たちに連れ去られていった。助けを呼べないよう口に肉まんを詰められているのが悪質だった。


最近、クラスのギャルがやたらと本の解説を求めてくる。

今日もまた、才人《さいと》は廊下で陽鞠から質問攻めにされて説明していた。

「つまり、ニーチェの説く『超人』とは超能力者のことではなくて、自分のやりたいことをしっかり持っている人間、そのためにはどんな努力も惜しまず、力強く進み続ける人間のことなんだ」

「朱音みたいなタイプ？」

「確かに、アイツは『超人』かもしれないな」

入学から二年も才人に成績で負け続けたら、普通なら打倒を諦めるはずだ。しかし、朱音は諦めない。いつか必ず才人を打ち負かすと誓い、必死に努力を続けている。

——考えてみると、アイツは凄《すご》いヤツなんだな。

もし才人が同じ立場だったら、途中で挑戦を投げ出すかもしれない。こんなことをしても効率が悪いとか、才能の差はどうしようもないとか正当化して。

そんな言い訳を己に一切許さない朱音《あかね》は、強い人間なのだろう。その生き方はだいぶ疲れそうではあるが。

「昨夜《ゆうべ》読んで分からなかったことは、だいたい分かったよ！　ありがとー！」

「お前、なんでこの本を読んでいるんだ？　絵本の方が分かりやすいと思うぞ」

「あー、またバカにしてる！」

陽鞠《ひまり》が頬《ほお》を膨らませた。

「気遣っているんだ。文字ばかりの本はつらいんじゃないかと」

「このくらい余裕だよ！　五分読むだけで頭がぐるぐるしてくるけど！」

「それはまったく余裕じゃないだろう」

「余裕だよ！　ときどき意識が飛びそうになるけど！」

「自分の体を大事にしろ」

陽鞠の動機が掴《つか》めない。

明らかに彼女のような生徒が好むジャンルの本ではないはずなのに、説明を聞いているときの陽鞠が楽しそうなのも不可解だ。無理をしているのに、無理をしている様子がない。

「ま、まあ、ほら、たまにはこういうマジメな本を読むのも人生経験っていうか？　少しは私の成績も良くなるかなーっていうか？」

「ここまで深掘りした本を読んでも、高校のテストには役立たないと思う」

「とにかく、ありがとね！　ジャマしちゃってゴメン！」

手を合わせて頭を下げる陽鞠。見た目が派手な割に律儀な少女だ。他のギャルたちと違って、スレたところもない。

「ジャマではない。お前と話すのは楽しいしな」

「えっ？　ほ、ほんと……？」

「本当だ」

「あ、あはは……そんなこと言われたら、照れちゃうな」

陽鞠は頬を掻《か》く。ネックレスに彩られた首筋が、じんわりと紅潮していく。

才人《さいと》に他意はないのだが、そういう反応をされるのはこちらも気恥ずかしい。

「でも、いちいち教えるのってめんどいでしょ？」

「教えるのは嫌いじゃない。それに、陽鞠には恩があるしな」

きょとんとする陽鞠。

「恩？　私、知らないあいだに才人くんを隕石《いんせき》から守ったりしてた？　命の恩人になってた？」

「そんな壮大な事件はない。いや、命の恩人ってのは間違ってないのか」

才人は教室に視線をやった。自分の机から廊下の方を眺めていた朱音が、才人と目が合うとそっぽを向く。

「俺と朱音《あかね》がケンカしてるとき、陽鞠《ひまり》はいつも止めてくれていただろ？」

「私、人がケンカしてるの見るのって苦手だから……」

「お陰で何度も命拾いした。お前がいなかったら、俺は今頃死んでいたかもしれん。ありがとう」

切実な感謝だった。

「や、やだなー、別に感謝されるようなことじゃないし！」

焦ったように身を引く陽鞠。その拍子に通りすがりの生徒にぶつかってしまう。とっさに生徒を避《よ》け、今度は才人《さいと》に肩がぶつかる。

「あっ、ご、ごめんっ」

「いや……」

「ああもう、私ってばなにやってんだろー。恥ずかしー」

陽鞠は赤い頬《ほお》を手の平で押さえて笑う。普段は元気いっぱいのイメージだが、意外と女の子らしい表情もするのだなと才人は感じる。

陽鞠は両手を組んで話す。

「でもね、朱音だって、悪い子じゃないんだよ？　才人くんの好きな本を教えてくれたのも、朱音だし」

「どうして朱音が俺の好きな本を陽鞠に教えるんだ？」

「あっ……えっと、私、才人くんともっとおしゃべりしたくてさ。才人くんが読んでるものを自分も読んだら、才人くんが考えてることが分かるかなって思ったんだよね」

どうやら、陽鞠には友達として気に入ってもらえているらしい。

才人は面映《おもは》ゆさに頬を掻《か》く。

「それは嬉《うれ》しいが……無理はしなくていいんだぞ？」

「無理とかじゃないよ！　私バカだけど、説明してくれれば分かるし！　才人くんに見えているものが、私に見えないのって、寂しいし」

「そういうものなのか？」

「そういうものだよ。……な人とは、同じ景色が見たいよ」

陽鞠は胸元で手を握り、うつむいてささやく。微熱を帯びたような眼差《まなざ》し。彼女がつけている香水の匂いを、才人はいつもより強く感じる。

陽鞠は慌てたように話題を戻す。

「と、とにかく朱音ってさ、すっごくいい子なの！　小学生の頃も、いじめられていた私のこと助けてくれて」

「お前をいじめるようなヤツがいるのか……？　逆にクラス中からボコボコにされそうな気がするが……」

「私のこと、なんだと思ってるの？」

呆《あき》れ気味《ぎみ》な陽鞠《ひまり》。

「クラスの支配者」

「そんなんじゃないよー！　今はみんなと仲いいけど、昔は人付き合いとか苦手だったし。みんなと見た目が違うから、悪目立ちしちゃっててさ」

綺麗《きれい》な金色の髪を手ですきながら、陽鞠は苦笑いする。

確かに、小学生のときからこのファッションを貫いていたのなら、横並びの学校では異彩を放ってしまうだろう。

「俺はお前の見た目は嫌いじゃないけどな」

「え、そ、そう？」

「ああ。似合わないのに金髪にしているヤツは多いが、お前はよく似合っている。着こなしのセンスもいいし、自分の魅力を引き立てる方法を理解してるんだろう」

「あ、ありがとう……」

「まあ、俺みたいにセンスのない人間が言えることじゃないんだけどな」

肩をすくめる才人《さいと》。

「ううん、才人くんに褒められるの……嬉《うれ》しいよ」

陽鞠は頬《ほお》を上気させて微笑《ほほえ》んだ。

そういうことは気易《きやす》く口にするべきではないと才人《さいと》は思う。もしや自分のことが好きなのでは、なんて男子は簡単に勘違いしてしまう生き物なのだ。

「やっぱり、才人くんと朱音《あかね》って似てるね」

「どこが？」

「私がいじめられてたとき、朱音も言ってくれたんだ。『石倉《いしくら》さんの髪の色、とっても綺《き》麗《れい》よ』って。『悪口を言うあんたたちにはセンスがないわ』って」

「いじめっ子たちに？」

「教室で直接ね。宣戦布告って感じで、格好《かっこ》良かったな……」

ヒーローに憧れるような口調だった。

「朱音は思っていることを言っただけだろうけどな」

「多分ね」

くすくすと笑う陽鞠《ひまり》。

「私をかばったせいで、朱音も机に落書きされたり、いじめられるようになったけど、その度に朱音は全力で犯人を捜して、見つけたらガンガン怒鳴って」

「可哀想《かわいそう》に……」

「朱音、可哀想だよね」

「俺が同情しているのは犯人の方だ」

「そっち!?」

「朱音のことだから、いじめっ子が生まれてきたことを後悔するくらいエグい追い詰め方をしたんだろ?」

「あー、どうだったかなぁ……あはは……」

だいたい才人の予想通りのようだ。

「そのうち、みんな怖がっていじめはなくなったけど、朱音は前より独りぼっちになっちゃった。私は朱音のお陰で救われた。だから……朱音は私の大切な恩人。朱音にだけは、幸せになってほしいんだ」

陽鞠は妹か姉を見るような目で、教室の朱音を眺めた。

きっと、朱音はどこまでも真っ直《す》ぐな少女なのだろう、と才人は考える。

情が深すぎて、いじめっ子への怒りも、人を苦しめる者への怒りも、なにも隠せない。

そのエネルギーのまま、信念のまま、不器用に突っ走ってしまう。

まさに暴走ドラゴン。朱音という名前通りの、真っ赤な炎。

「……誰かがそばについていてやらないと、危なっかしいヤツだよな」

「……うん」

廊下の窓際に才人と肩を並べ、陽鞠はつぶやいた。

朱音《あかね》は眉をひそめた。

さっきから、才人《さいと》と陽鞠《ひまり》の距離が近すぎる。二人で廊下に並んで、楽しそうにおしゃべりしたり、笑ったり、肩を寄せたり。まるで恋人のような仲睦《むつ》まじさだ。

——なんの話をしているのかしら……。

朱音のいる教室からは、会話の内容は聞こえない。陽鞠の邪魔はしたくないから、近づくわけにもいかない。

「兄《あに》くんと陽鞠のこと、気になる？」

「っ!?」

急に背後から糸青《しせい》に問われ、朱音は椅子から転げ落ちそうになった。

暴れる胸を押さえ、椅子に座り直す。

「き、気になってはいないわ。……陽鞠のあんな顔、初めてだなって思っただけ」

焦がれるような、乙女の顔。

恥じらいに頰《ほお》を染め、瞳は熱っぽく潤んで。

才人としゃべっているときの陽鞠は、朱音と一緒にいるときよりも可愛《かわい》らしかった。

多分、あれが恋の色なのだろう。

「初めてじゃない。陽鞠は兄くんを見るとき、いつもあの目をしている」

「そうなの？」

朱音が驚くと、糸青はこくりとうなずく。

「一年のときから、陽鞠はあんな感じだった。朱音は気づかなかった？」

「え、ええ……」

口ごもる朱音。自分が知らない親友の顔を知られていたのが、少し悔しい。

「兄くんと陽鞠は、お似合い」

「お、お似合いではないいんじゃないかしら？　陽鞠みたいにいい子、あの男にはもったいないわ」

「陽鞠は優しいから、兄くんの俺様なところも受け入れてくれて、相性抜群。二人がケンカしているの、朱音は見たことある？」

「それは……ないけど」

朱音は渋々認める。

「兄くんと陽鞠がお似合いだと、朱音は嫌なの？」

すべてを見通すような瞳で、糸青がじっと見つめてくる。

「い、嫌じゃないわよ」

「でも、機嫌悪そう」

「悪くないわ！」

陽鞠《ひまり》が才人《さいと》と親しくなれて良かったと、朱音《あかね》は心から思うのだ。

これで陽鞠の役に立てた。陽鞠を幸せにすることができたのだから。

だけど、このモヤモヤは、なんなのだろう。

胸の奥で強まっていく違和感に、朱音は戸惑う。才人が糸青《しせい》とくっついているときに感じたのと、同じ感覚。糸青が言った通り、これはヤキモチなのだろうか。

——そ、そんなはずないわ！　アイツは才人よ!?　私の天敵で、世界中で誰よりも大嫌いなヤツ！　好きでもない相手に、ヤキモチなんて妬《や》くわけないわ！

朱音は全力で首を振る。

そうだ、これはきっと気のせいだと、自分に言い聞かせた。

それ以上考えるのが、怖かった。


放課後。

教室から才人の姿がなくなると、陽鞠が朱音に飛びついてきた。

「ありがとー！　今日も才人くんと、たくさんしゃべれたよー！」

「よ、良かったわね……」

陽鞠の豊かな胸に潰されそうになりながら、朱音は祝福する。この胸に自分から抱きつくのは好きだが、陽鞠の方から来られると稀《まれ》に窒息しそうになるのが曲者《くせもの》だ。

「才人くんってば、私のこと命の恩人だとか、見た目が好きだとか褒めてくれたんだ！　すっごいイイ感じじゃない？　ね、ね？」

瞳をきらきらさせて陽鞠が訊《き》いてくる。

「見た目が好きって……才人がそんなこと言ったの？」

あの野暮《やぼ》を固めたような男の口から出たとは、想像もできない言葉だった。

「うん！　私には金髪が似合ってるんだって！　オシャレのセンスもあるって！」

「…………………」

そういうこと、自分は才人から一度も言われたことがない、と朱音は思ってしまう。

決して言ってほしいわけではないけれど、でも。

朱音だってオシャレには気を遣っているし、髪型にもこだわりがあるのだ。

自宅でもまったく油断せず、才人にはきちんとしたところを見せているのだ。

なのに、陽鞠だけ褒めて朱音は褒めないなんて、どういうことなのだろうか。

モヤモヤが、胸の中で広がっていく。

「これって、脈アリってことかなぁ？　どう思う？　朱音？」

「え……。ええと……、恋愛についてはよく分からないけど、好きか嫌いかでは好きな方なんじゃないかしら」

「だよね！　やっぱりそうだよね！　ああもうっ、才人《さいと》くん好き！　大好き！」

陽鞠《ひまり》は両腕を抱き締めて身をよじる。

「ちょっと、声が大きいわ。他の人に聞かれるわよ」

「あ……ごめん。嬉《うれ》しすぎたから、つい」

照れ笑いして声量を落とす陽鞠。朗らかだが滅多《めった》に我を忘れない彼女にしては、珍しい。

「いっぱい手伝ってもらったから、朱音《あかね》にはお礼しなきゃね」

「お礼なんて要らないわ。私はたいしたことしてないし」

「ううん、全部朱音のお陰だよ！　お礼に『フィリア』の苺《いちご》タルト買っていくから、久しぶりに朱音の家で思いっきりおしゃべりしよーよ！」

『フィリア』は朱音のお気に入りのスイーツショップ、特にその店の苺タルトは絶品だ。

朱音は反射的に飛びついてしまう。

「いいわね！　私も久しぶりに陽鞠と遊びたかっ……あ」

手の平で口を押さえる。

ダメだ。家には、才人がいる。陽鞠が来ているあいだだけ外出してもらうという手もあるが、才人の私物を見られたらアウトだ。

かといって、実家に陽鞠を呼んでも、あそこにはもう朱音の私物がない。がらんとした部屋を見た陽鞠は、なにかおかしいと勘付くだろう。

——ど、どうしたら!?

混乱する朱音。頭に血が上ると、自分では為《な》す術《すべ》がない。勉強では働く思考力も、感情に押し流されて崩れていく。

追い詰められた朱音は、渾身《こんしん》の言い訳を繰り出す。

「あの……うちは今、底なし沼になってるから誰も呼べなくて……」

「どうやって暮らしてるの!?」

陽鞠は仰天した。

そこまで考えていなかった朱音は、必死に頭を回転させる。

「た、たる……」

「樽《たる》……？」

「樽を半分に割って、それを船みたいに浮かべて暮らしてるわ……」

「絶対ウソだよね!?」

ぐるぐると目を回す朱音。

「本当よ……雨が降ると、樽の中に水が溜《た》まって沈みそうになるの……」

「屋根もないの!?　もう引っ越した方が良くない!?」

「長年住み慣れた愛着が……立ち退《の》きを迫られても私は負けないわ……」

もはや自分でもなにを言っているか分からない。

陽鞠《ひまり》は悲しそうに眉尻を下げる。

「そんなに私を呼びたくないの？　糸青《しせい》ちゃんは、朱音《あかね》の家に遊びに行ったって自慢してたけど……」

「え!?」

朱音はぎょっとした。

「じゃ、じゃあ……アイツのことも、聞いちゃった……？」

「アイツって？」

「それは……その……」

「私が聞いたのは、朱音が新しい家に引っ越したってことと、糸青ちゃんが朱音の家で美味《おい》しいごはんをご馳走《ちそう》してもらったってことだけだよ？」

安堵《あんど》の息をつく朱音。才人《さいと》と結婚していることについては、さすがの糸青も伏せておいてくれたらしい。

「ごめんなさい。陽鞠を呼びたくないなんてことは、まったくないわ。ただ……ちょっと散らかっているっていうか、リビング以外は模様替えしてるから、恥ずかしくて」

「私、迷惑かな？」

陽鞠は困ったように朱音の表情を窺《うかが》う。

このままでは、陽鞠との友情にヒビが入ってしまう。

「迷惑じゃないわ！　陽鞠と遊べるのは私も嬉《うれ》しいし！　キッチンとリビングくらいしか使えないけど、それでも良かったら……」

陽鞠が顔をほころばせる。

「もちろん！　帰りに苺《いちご》タルト買ってこ！」

「家の場所はスマホで送るから……私は先に帰っていてもいいかしら？」

「え？　別にいいけど」

「助かるわ……」

陽鞠が来る前に、事情を才人に話して、片付けを済ませておかなければならない。才人には勉強部屋にこもっていてもらえば、陽鞠と鉢合わせすることもないだろう。

——大丈夫、なんとかなるわ。

朱音は拳を握って自らを奮い立たせた。


「はあ!?　うちに陽鞠が遊びに来る!?」

帰宅した朱音から報告を受け、才人は耳を疑った。

「どうしても断りきれなかったのよ……。結婚してから忙しくてあんまり遊べなかったし、陽鞠のこと嫌ってるみたいに思われたくないし……」

「自分がなにをしたか分かっているのか……？　世界が終わるぞ」

「そこまで重大事件じゃないわよね!?」

「俺たちの世界は終わる。陽鞠《ひまり》は友達が多いし、俺たちが結婚している噂《うわさ》があっという間に学校中に広まる」

陽鞠が言い触らすタイプだとは思っていないが、人間にはうっかりミスがある。万が一にも口を滑らせたら、取り返しがつかない。

朱音《あかね》は制服のスカートを握り締める。

「糸青《しせい》さんがうちに来たって自慢したのを、陽鞠が羨ましがってたから……糸青さんだけ特別扱いできないし……」

才人《さいと》はため息をついた。

「原因がシセなら、俺にも責任があるな。もっとしっかり口封じしておくべきだった」

「こ、殺すの……？」

朱音はごくりと唾を飲んだ。

「物騒なことはしない。毎日肉まん一個で買収する」

「糸青さんが一個くらいで買収されるかしら……」

「厳しいかもしれないな」

糸青の欲望は無限大。肉まん一日一万個を要求してくる可能性もある。才人は肉まん代だけで破産してしまう。

朱音が表情を引き締める。

「結婚しているのがバレないように、リビングから才人の私物を片付けるわ。才人の匂いにも気づかれないよう、徹底的に消臭するわ」

「俺はそんなに悪臭の根源なのか」

才人は哀《かな》しい気持ちになった。

「できれば才人には出かけておいてほしいけど、陽鞠がいつ帰るか分からないのよね……もし泊まりになったら、才人は野宿することになるし……」

「野宿はしない。そのときはシセの家に泊まる」

「糸青さんの家って……また一緒にお風呂入ったり寝たりするんでしょ？」

朱音が非難がましい視線を向けてくる。

「シセの親から頼まれたら断れないいな」

そして、糸青の両親は愛娘《まなむすめ》のおねだりに抗《あらが》えない。あの屋敷で世話になる以上、才人は糸青の要求に不利な立場を強いられることになる。

「じゃあダメよ！　あんな小さな子と一緒に寝るなんて犯罪だわ！」

「同学年だぞ」

「同学年でも小さいものは小さいの！　外泊はナシ！　陽鞠が帰るまで、二階の勉強部屋に隠れてて！」

朱音《あかね》は肩を逆立てる。

「分かった。長時間だとトイレが心配だが……これでなんとかなるだろう」

才人《さいと》は飲み終えたばかりの空ペットボトルを手にした。

「待って。それでどうするつもりなの？」

「もちろん、緊急用の……」

朱音は耳を塞いだ。

「やっぱり聞きたくないわ。トイレのときだけは合図してくれれば、頑張って陽鞠《ひまり》の注意をそらすから」

「頼んだ。ミッションの成功はお前にかかっている。失敗したときは……」

「必ず成功させるわ！」

覚悟を決めた表情だった。よほど才人の失敗が恐ろしいらしい。朱音はペットボトルの空き容器を奪い取り、急いでゴミ箱に捨ててしまう。

「陽鞠は七時くらいに来るって言ってたから、まだ時間の余裕はあるわ。今からしっかり片付けして……」

言いかけたとき、インターホンの音が鳴り響いた。

凍りつく才人と朱音。

身動きしなければ嵐が過ぎ去るのではないかと、淡い希望にすがって立ち尽くす。

だが、無情に響き渡るは、再びのインターホン。

「出た方が……いいんじゃないか？」

「さ、才人が出なさいよ……」

「もし陽鞠だったらヤバイだろうが！」

「そ、そうよね……」

朱音は恐る恐る、モニタの通話ボタンを押す。

画面に映るのは、陽鞠の弾《はじ》けんばかりの笑顔。

「楽しみすぎて早く着いちゃった♪　大丈夫かな？」

「ダイジョウブヨ」

ロボットみたいな口調で答えると、朱音は終了ボタンを押して画面を消した。

リビングに広がる沈黙。

才人と朱音は顔を見合わせて口をパクパクさせる。

学年一位と二位の頭脳が、突然の出来事にフリーズしている。

直後、朱音は大慌てで駆け出した。

「は、早く才人の痕跡を消さないと！　存在も消さないと――!!」

「存在は消すな！」

才人《さいと》はテーブルに置いていた自分の本を集める。

朱音《あかね》は手洗い場に向かおうとして壁に激突し、戻ってきて食器棚から才人のコップや茶碗《ちゃわん》を取り出そうとしてドンガラガッシャンと引っ繰り返している。

完全にパニックに陥っている朱音を放っておくのは危険だ。最悪、家中が破壊される恐れすらある。

「片付けは俺がやる！　お前は陽鞠《ひまり》の相手をしてろ！」

「わ、分かったわ！」

朱音は玄関に飛んでいった。

玄関の方から、朱音と陽鞠が話す声が聞こえてくる。

才人は自分の服やゲーム機や財布など、朱音の実家にあったらおかしいものを全速力で掻《か》き集めていく。何度も二階と行き来する暇はないので、手当たり次第にリビングのクローゼットに放り込む。

「すっごい綺麗《きれい》なおうちだねー。これって新築でしょ？」

「え、ええ」

「朱音のお父さんとお母さん、頑張ったんだねー」

「祖父母が……お金を出してくれたから……」

朱音と陽鞠の声がリビングに近づいてくる。

──なぜ陽鞠を家に上げた⁉

才人は愕然《がくぜん》とした。

もう片付けが終わったと朱音が思ったのか、それとも玄関に陽鞠を引き留めておくのが無理だったのか。

ここから才人が二階の勉強部屋に行くには、廊下を通る必要がある。だが、そうしたら廊下で陽鞠と鉢合わせしてしまう。庭に逃げるという手もあるが、玄関の鍵が閉められていたら家に入れなくなってしまう。

脱出口を探しているあいだにも、朱音と陽鞠の足音はどんどん迫ってくる。

リビングのドアノブが回され、切羽詰まった才人は荷物ごとクローゼットに転がり込んだ。その弾みに体のあちこちを打つが、構ってはいられない。

才人は内側から扉を閉め、薄暗い空間でじっと息を潜める。こうなったらリビングから陽鞠が離れたときに逃げ出すしかない。

クローゼットの扉の隙間からは、リビングの様子が見えた。

部屋に入ってきた陽鞠が、白い箱をテーブルに置く。

「『フィリア』の苺《いちご》タルト、珍しく並ばなくても買えたんだー。お陰で朱音とたくさん遊べるし、今日はラッキーな日だよ！」

「日頃の行いがいいせいかしら……」

朱音《あかね》の顔はこわばっている。明らかにアンラッキーだと思っている顔だ。キッチンでお湯を沸かしたり、紅茶をいれたりするが、やたらと動きがギクシャクしている。あれでは勘の鋭い陽鞠《ひまり》でなくても違和感を抱いてしまうだろう。

土産の苺《いちご》タルトを一口食べると、朱音の表情が緩んだ。

「やっぱりおいしい……！」

「おいしーよね〜！」

微笑《ほほえ》み合う朱音と陽鞠。

「ここのタルト、生クリームが最高なのよね。甘くて濃厚なのに、ふんわり軽いから苺の味を邪魔していなくて。苺もいいのを使ってるし、苺への愛を感じるわ」

「朱音って苺には厳しいよね」

陽鞠は楽しそうに目を細める。

顎をそびやかす朱音。

「当然よ。スイーツの基本は苺……ううん、すべての料理の源は苺なのだから！　私たちの細胞の一つ一つも苺でできていると言っても過言ではないわ！」

「うんうん、分かる分かる〜」

リビングが緩い空気に満たされる。少なくとも自分は苺でできていないと、才人《さいと》は突っ込みたくなる。

陽鞠が紅茶をすすり、カップをソーサーに置く。

「私、そろそろ次の進展があってもいいかもって思うんだよね」

「アイツのこと？」

眉を寄せる朱音。

「うん。だいぶ仲良くなれたし、向こうも私のこと嫌いじゃないみたいだし、デートに誘えたらなって」

「ま、まあ……いいんじゃないかしら……」

急に恋バナが始まってしまった。

陽鞠も、恐らくは朱音も、才人がクローゼットにいることに気づいていない。女同士の内緒話を盗み聞きしているようで、才人は後ろめたくなる。

陽鞠が恥ずかしそうにもじもじする。

「こういうの初めてだし、自分で誘うのは怖くて……。今度の休み、私とデートしてくれないかって、才人くんに聞いてもらえないかな？」

クローゼットの中の才人は、驚きの声を漏らしそうになる。

予想もしない言葉だった。

まさか陽鞠が、才人のことを好きだなんて。確かに陽鞠は才人によく話しかけてきていたが、それは彼女が誰にでもフレンドリーな性格だからだと思っていたのだ。

才人《さいと》の体が熱くなっていく。密閉空間にいるせいか、息苦しい。

朱音《あかね》が視線を落とす。

「……ごめん。私の方から誘うのは、ちょっと……」

「ううん、全然大丈夫！　こっちこそごめんね、変なこと頼んで！　なんとか自分で勇気出して頑張ってみるよ！」

「ごめんなさい……」

「いいってば！　朱音が謝らないでよ、もー」

陽鞠《ひまり》と朱音の二人は、黙り込んで紅茶のカップを抱える。

どことなく気まずい空気が漂っている。

才人が息を殺していると、ポケットの中で着信音が鳴った。

――しまった！　サイレントにするの忘れてた！

肝を冷やしてスマートフォンを取り出す。

画面に表示されているのは、糸青《しせい》からのメッセージ。

『人間は一年に七百万回、瞬《まばた》きをするらしい』

今はどうでも良すぎる情報だった。

才人が急いで着信音をオフにしていると、すぐに次のメッセージが送られてくる。

『正確には何回なのか、兄《あに》くんで一年調べてみたい』

一年ずっと密着されるのは、相手が糸青でもさすがにつらい。返信している余裕もないので、才人はスマートフォンをポケットにしまう。

「あれ？ クローゼットの中から、なにか聞こえなかった？」

「えっ？ そ、そうかしら？」

「スマホの着信音っぽいの鳴ってたよ？」

「き、気のせいよ！ きっと外で鳴ったのよ！」

朱音はようやく才人の存在に気づいたらしく、顔を青ざめさせている。

「そっかぁ」

「そうよ」

また、沈黙。

仲睦《むつ》まじい親友同士なのにうつむいて、ただ時間だけが過ぎていく。

やがて陽鞠が顔を上げ、真《ま》っ直《す》ぐに朱音の目を見つめた。

「一応、聞いておくね。私、才人くんをデートに誘っていいんだよね？」

「ど、どうして私に聞くの？」

戸惑う朱音。

「朱音は一年のときから才人くんのことが気になってるって、思ってたから」

「気になってないわ！」

「朱音《あかね》が才人《さいと》くんのことを好きだったら、ジャマするつもりはないよ。私は才人くんが好きだけど、朱音のことも好きだから。本当に……大丈夫だよね？」

陽鞠《ひまり》は心配そうに確かめる。

だがその眼差《まなざ》しは、わずかな感情の揺らぎも逃さぬとばかりに朱音を見据えている。

朱音は目を泳がせる。

「大丈夫に、決まってるじゃない」

「才人くんのこと、好きじゃないよね？」

最終確認といったふうに、陽鞠が問いかける。

「好きじゃないわ！」

朱音は頰《ほお》を上気させ、肩を怒らせて言い放つ。

「あんな傲慢でズボラで無神経なヤツ、大嫌いよ!!」

才人の胸に、痛みが走った。

ほんの一瞬だったけれど、思わず奥歯を噛《か》み締《し》めるような、深く鋭い痛み。

――なんだ……今のは……？　どうして胸が……？

才人はクローゼットの薄闇で胸を押さえる。

大嫌いなんて言葉、朱音からは何百回、いや何万回も言われたし、才人も言ってきた。

慣れすぎて、もはや感覚が麻痺《まひ》しているような言葉のはずだ。

なのに、なぜ、こんなにも口の中が苦いのか。

陽鞠が安心したように大きく息をつく。

「良かった～。朱音とライバルになるなんて、絶対嫌だったから」

「な、なるわけないじゃない。アイツは私の敵よ」

「だよね、考えすぎちゃった！　私ってば、バカだよね！」

「バカではないと思うけど……」

朱音が居心地悪そうに身じろぎする。

陽鞠は笑顔で朱音の手を握り締める。

「デートは自分で誘うから、朱音も協力してくれないかな？　才人くんの好みのデート服とか、デートで行きたい場所とか、いろいろ知りたいな！」

「え、ええ……」

朱音はぎこちなくうなずいた。


翌朝、才人は寝坊した。

始業時間ぎりぎりの廊下を急いでいると、陽鞠が顔を輝かせて駆け寄ってくる。

「おはよ、才人くん！　今日は遅かったね」

「あ、ああ。昨夜《ゆうべ》、なかなか寝付けなくてな」

「休みかと思ったよ。病気じゃなくて良かった」

日頃と変わらぬ他愛《たあい》ない会話なのに、才人《さいと》は緊張してしまう。

病気じゃなくて良かった。そんなさりげない言葉が、社交辞令ではないのを知っているから。

陽鞠《ひまり》が自分に向けてくる視線が、他の生徒に対するものと違うことを、今さらながら理解したからだ。

色恋沙汰に疎いせいで、これまでずっとその熱に気づかなかった。

気づいていることに、気づかれるのではないか。不可抗力だったとはいえ、盗み聞きしていたなんて思われたくない。

「そろそろ席についた方がいいんじゃないか？　チャイムが鳴るぞ」

才人が教室に入ろうとすると、陽鞠がついてくる。

「あ、あのさ！　昼休み、そこの空き教室に来てくれないかな？　ちょっと才人くんとおしゃべりしたくて！」

「……構わないが」

なんの話をしたいのかは、言われなくても分かった。

「やった！　約束だよ！　絶対来てね！」

陽鞠は後ろ髪を弾ませて自分の席に走っていく。こっちをチラチラ見ていた朱音《あかね》に顔を寄せ、嬉《うれ》しそうになにやら話している。

それからの午前中、才人は授業に身が入らなかった。

呼ばれた以上は行くのが筋だと思うが、こういうときにどう反応したらよいのか分からない。

答えを探しあぐねて陽鞠の席を見やると、陽鞠が照れくさそうに手を振ってきて、それが余計に才人の心を騒がせる。

悶々《もんもん》としたまま四時限目が終わり、才人はランチも食べずに空き教室へ向かった。

昼休みの喧噪《けんそう》からは隔絶された、静謐《せいひつ》の空間。

わずかに開いたカーテンから陽光が射《さ》し込《こ》み、きらめく粒子が舞っている。

才人が空き教室に入っていくらも経《た》たないうちに、出入り口のドアが開かれた。

血の気を失った顔の陽鞠が、ガチガチで立っている。

「ひま……」

言いかける才人だが、陽鞠は即座に外からドアを閉じる。

――えええええ……？　話がしたかったんじゃなかったのか？

窓際で才人が困惑していると、再び陽鞠がドアを開いた。

今度は笑顔で元気に手を挙げる。

「お、お待たせ、才人《さいと》くん！　もう来てるとは思わなかったよー」

「早く来すぎたか？　なんならメシ食ってからでも……」

「ううん、私はどうせ食欲なかったから、ここで待ってるつもりだったし！　才人くんはごはん食べなくて大丈夫？」

「俺もあんまり食欲が……」

「あはは、お揃《そろ》いだね♪」

いつも通りの朗らかな言葉……だが、陽鞠《ひまり》の声には明らかに緊張が滲《にじ》んでいた。視線は泳ぎ、指先が震えている。

その緊張が自分にまで伝染して、才人は唾を飲む。

陽鞠はドアを後ろ手に閉めた。

彼女が近づいてくるにつれ、才人の鼓動が速まっていく。朝よりも鮮やかな色のリップが眩《まぶ》しくて、目をそらしてしまう。

才人の前に陽鞠が立った。走ってもいないのに息を整えている。

濡《ぬ》れた唇が意を決して開き、ためらっては閉じる。

肺に蜂蜜が満たされたような息苦しさに、才人は押し潰されそうになる。

「あ、あのっ」「えっと……」

同時に口を開く二人。

「あっ、ご、ごめん！　才人くんからどうぞ！」

「い、いや、俺は特に話は……」

「なにか言いかけてたでしょ？」

「気のせいだ。陽鞠の方こそ、なにを言おうとしてたんだ？」

「わ、私はっ、そのっ……あの……さ、才人、くんに……」

声が揺らぐ。

陽鞠は手の平を握り締める。

そうしていないと、その場で崩れ落ちてしまうとでもいうかのように。

「さ、才人くんって、休みの日はなにしてるの……？」

おずおずと表情を窺《うかが》いながら、陽鞠が問いかけた。

「本を読んだり、ゲームをしたり、かな……」

「そ、そっか～。出かけたりはしないの？」

「シセが遊びに行きたがるときは……」

「家族サービス、だよね」

「まあ……そうだな」

ぎこちない会話。才人は喉の渇きを強く意識する。

「……家族以外の女の子と、出かけたりは？」

「……いや、ない」

「じゃ、じゃあさ……」

消え入るような声で、陽鞠《ひまり》がささやく。

「私と……デート、してみない？」

軽い台詞《せりふ》だけれど、彼女の膝は震えていた。

思い詰めたような瞳が、才人《さいと》を見つめている。

才人の心臓が大きく打つ。

「……俺のこと、好きなのか？」

「えっ!?　ええっ!?　ちょ、ちょっと、そんな直球で聞いちゃう!?」

慌てふためく陽鞠。

「あ、すまん……」

慣れない状況のせいで、デリカシーのない質問をしてしまった。

「い、いきなり好きとか、付き合ってとか、才人くんも重くて困るだろうし、まずはデートで私のことよく知ってもらえたらなって……そう思って……」

陽鞠はほっぺたを真っ赤にしてうつむく。

誰とでもそつなく接する人気者の彼女が、今は才人の前でいっ
る。唇をきゅっと結び、恥ずかしそうに肩を縮めてい

才人は顔が熱くなるのを感じた。

「あ、でも、これも迷惑かな……。私とデートなんて、嫌だよね……？」

「嫌なんてことは……あり得ないが。ほとんどの男子は、陽鞠に誘われたら大喜びするだろう」

「才人くん、は……？」

不安そうに尋ねる陽鞠。

「嬉《うれ》しいに決まっている」

「良かった……」

陽鞠は安心したように息をついた。

才人と陽鞠が3年A組の教室を出て行ったのを見た朱音《あかね》は、思わず後をつけてしまった。

どうしてそんなことをしたのかは、自分でも分からない。

陽鞠が昼休みに才人をデートに誘う計画は、前もって聞かされていた。だから、計画が上手《うま》く行くかどうか、見届けたかったのかもしれない。

親友の恋は成就してほしいから。

——きっと、それだけよ。他に理由なんて、ないわ。

朱音《あかね》は自分に言い聞かせながら、空き教室の外で身を潜める。

中から才人《さいと》と陽鞠《ひまり》の声が聞こえてくる。二人は良い雰囲気だった。

デートは嫌かと問われ、才人が答える。

「嬉《うれ》しいに決まっている」

当然だ。陽鞠は朱音の親友でいてくれるくらい優しくて、才人とも一年のときから仲良くしていた。

おめでとう。

そう、祝福しなければいけないのに。親友として、陽鞠を応援してあげたいのに。

なぜか、胸のモヤモヤが強くなる。

体の奥に渦巻いて、濃くなって、朱音の胸を重苦しく締めつける。

朱音はその場に居続けることに耐えられず、空き教室から離れようとした。

その前に、糸青《しせい》が立ち塞がっていた。

「これで、いいの？」

「……なんのことかしら？」

朱音は目をそらした。

「分かってるでしょ。兄《あに》くんと、陽鞠のこと。止めなくていいの？」

「どうして私が止めなきゃいけないのよ」

「まだ分からないの？」

「だからっ、なにが……！」

語気を荒らげる朱音を、糸青が澄んだ瞳で見つめる。

「朱音が感じていること、考えていること、全部シセの口から言っちゃっていいの？」

「陽鞠には変なこと言わないで！ あの子にだけは、幸せになってほしいの！ 私がなにを感じようと、どうでもいいの！ 陽鞠には、悲しい思いをさせたくないの！」

朱音は奥歯を噛《か》み締《し》める。

自分の中で存在感を増してくるこの感情をさらけ出したら、大好きな陽鞠との友情も、大嫌いな才人との関係も、すべてが壊れてしまう気がした。

「陽鞠に言うんじゃない。朱音に、朱音のことを、教えちゃっていいの？」

糸青の小さな体が、これまでになく大きく見えた。

「…………っ！」

朱音は怖くなって、糸青からも、陽鞠と才人からも、そして自分からも逃げ出した。


夕食が終わるなり、朱音がリビングから出て行こうとする。

近頃は二人でゲームをしたり、映画を観《み》たり、ただ同じ空間にいて別のことをしたりと、家族の団欒《だんらん》のような時間があったのに、今日の朱音《あかね》はよそよそしい。

「ここで勉強しないのか？」

才人《さいと》が声をかけると、朱音が立ち止まった。

振り返りもせずに答える。

「勉強部屋の方が集中できるから」

「そうか……」

「そうよ。なにか問題あるの」

「いや……問題はないが」

才人は頭を掻《か》く。

「少し話をしたかったんだ。実は、陽鞠《ひまり》からデートに誘われてな」

「知っているわ。あんないい子に好かれて良かったわね。可愛《かわい》いし、私よりスタイルいいし、性格もいいし。あんたなんかにはもったいないわ」

「まあな」

陽鞠は男女共にモテるし、恋人候補はよりどりみどりだろう。

朱音は苛立《いらだ》たしげに腕組みする。

「……で？　そんなことを私に報告して、なんの意味があるの？　私、明日の予習で忙しいんだけど」

以前の戦争状態が戻ってきたような、刺々《とげとげ》しい空気。

だが、以前とはどこか違う。

「俺は、デートに行っていいのか？」

「なんで私に聞くのよ。いつもの食材の買い出しなら、一人で済ませておくわ」

「そうじゃなくて。一応、結婚してるんだから」

「好きでしたわけじゃない、無理やりさせられたのよ！ お互い、自分の夢を叶《かな》えるために手を結んだだけ！ あんたが誰とデートしようと、誰と付き合おうと、私にはまったく関係ないわ！」

一気にまくしたて、朱音は息を切らした。拳を固く握り締め、才人のことを憎々しげに睨《にら》み上げている。

才人は小さくため息をつく。

「……分かった。念のため確認したかっただけだ」

「あ……」

朱音はなにか言いかけるが、すぐに口をつぐむ。

居心地の悪い空気を取り払おうと、才人は努めて明るい口調で尋ねる。

「デートとか、俺は行ったことがなくてな。どういう場所に連れて行ったら、陽鞠は喜ぶんだ？」

「知らないわよ、そんなの……私に聞かないでよ」

朱音《あかね》は唇を噛《か》む。

「……ごめん」

二人とも、凍《い》てついたようにその場から動けない。

息苦しい沈黙が、才人《さいと》の肩を重く締めつけていた。


昼休みの中庭で、才人はベンチに腰掛けて本を読む。

けれど、ちっとも中身が頭に入ってこない。焼けるような焦燥感と、得体の知れないモヤモヤが、胸の中を行き巡っている。

「兄《あに》くん、さっきから全然ページ進んでない」

隣に座っている糸青《しせい》が指摘した。

「ちょっと、悩んでてな」

才人は諦めて本を閉じた。

「陽鞠《ひまり》とのデートのこと？」

「なぜ知っているのか謎だが……まあ、そうだ」

「兄くんのことなら、シセはなんでも知っている」

糸青は胸を張った。

「正直、陽鞠に誘われたのは光栄だと思っている。陽鞠のことは嫌いじゃないし、気も合うし、いいヤツだから、楽しいデートになるのは確実だ」

「だったら、悩む必要ない。デートに行って、えっちすればいい」

「なっ……」

照れもせず言い放つ糸青に、才人の方がたじろぐ。

「陽鞠もそれを望んでいる。誰も困らない」

「そうだよな……朱音からはこの前、大嫌いだとはっきり言われたし……」

才人がつぶやくと、糸青はぴくりと肩を動かした。

「兄くんは、その言葉が気になっている？」

「気になっているわけじゃ……」

「もし大嫌いだと言われなかったら、判断に悩むことはなかった？」

「…………………」

そもそもどうして悩んでいるのか、才人は自分でも分からなかった。

ほんの少し前の才人なら、間違いなく陽鞠の誘いに乗っていたはずだ。

クラスメイトとしても、陽鞠と過ごす時間は心地良かった。

朱音と違って陽鞠は、才人に全力で合わせてくれる。難しい本は苦手なはずなのに、頑張って読んできて、なんとか才人《さいと》との話題を作ろうとしてくれる。

全身全霊で好意を注いでくれる陽鞠《ひまり》と付き合えば、後悔はしないはずなのに。

なぜか才人の脳裏には、朱音《あかね》の悲しそうな顔が浮かんでしまう。

「兄《あに》くん」

「痛っ」

思考の沼に沈みかけた才人の喉仏を、糸青《しせい》の指が突いた。

「なにをする！　そこは急所だぞ！」

「目が覚めるかと思った」

「そりゃ覚めるが……生命の危機を感じる」

才人は喉をさすった。

「言葉は、真実とは限らない。自分を守る仮面の場合もある」

「どういう意味だ？」

「朱音は分かりづらい。兄くんは朱音を理解したつもりでも、本当は誤解しているかもしれない。今の結婚を幸せにしたいのなら、ちゃんと朱音の気持ちを確かめるべき」

糸青は才人の膝に頭を乗せ、ベンチに横たわる。才人の制服をシーツのようにつまみ、静かに寝息を立て始める。

「……なにを考えているのか一番分からないのは、お前だけどな」

才人は糸青の髪を撫《な》でた。


休日の朝に、甲高いアラームが鳴り響く。

才人はのろのろとアラームを消し、ベッドの上で身を起こした。昨夜《ゆうべ》も遅くまで寝付けなかったせいで、頭がぼんやりしている。

隣に朱音の姿はない。だいぶ先に起きたのか、彼女の熱の余韻も残っていない。昨日の夕食から、二人はほとんど会話も交わしていなかった。

まだ眠気は取れないが、今日は大切な日だ。予定通りに進めなければいけない。

才人は頬《ほお》を両手で叩《たた》いて目を覚まし、ベッドから立ち上がった。

自分の勉強部屋に入り、クローゼットから洋服を選ぶ。

キレイめのジャケットにニット、細身のパンツ。あまりファッションに興味のない才人だが、祖父の天竜《てんりゅう》が送りつけてくるのでデート向きのブランド物が揃《そろ》っている。まさかこういうときに役立つとは予想していなかった。

コーディネートを済ませた才人は、一階に降りて洗面所で顔を洗った。昨日のうちに買っておいたワックスで、髪の毛先に動きをつける。

廊下を通りかかった朱音が、鏡越しに才人を見やる。

「あんたが髪をセットしてるのなんて、初めて見たわ」

非難がましい口調。

「悪いか？」

「別に。やけに気合い入ってるんだなと思って」

「デートだからな。相手を不愉快にさせるわけにもいかない」

才人《さいと》はワックスまみれの指を水で流した。

「……私といるときは、セットなんかしないのに」

「してほしいのか？」

「してほしいわけないでしょ！　あんたにはそんなの似合わないし！　変に色気づいちゃって、気持ち悪いだけよ！」

今朝の朱音《あかね》は、普段の五割増しに刺々《とげとげ》しい。

――どうしてお前は不機嫌なんだ？

訊《き》いたら、彼女はもっと怒るだろうか。

怒ってくれるだろうか。

才人は出かける準備を済ませ、玄関で革靴を履く。

朱音は普段のように勉強をするでもなく、落ち着かない様子でたたずんでいる。

「本当に……行くの？」

「お前が止めるなら、やめとくが」

才人が告げると、朱音は腕組みして顔を背けた。

「止めないわよ！　私たちはただ、形だけ結婚している関係なんだから！　陽鞠《ひまり》とデートでもなんでも、好きにして来たらいいわ！」

あからさまな敵意。

『あんな傲慢でズボラで無神経なヤツ、大嫌いよ!!』

クローゼットで聞いた言葉が耳朶《じだ》に蘇《よみがえ》り、才人の胸に突き刺さる。

やはり、朱音にとって、才人は憎悪の対象なのだ。

嫌々ながらも二人で結婚生活を始めて、何度もぶつかって譲り合って、互いを知って、少しずつ変わってきたかと才人は思っていた。

けれど、結局はなにも変わらない。

才人が開いてみたいと願った本は、そのページを固く閉ざしている。

それならそれでいいはずなのに。

祖父の会社さえ手に入れれば、形だけの結婚で構わないはずなのに。

なぜ、こんなにも胸が苦しいのか。

「じゃあ……行ってくる。帰りは遅くなるから、夕飯は先に食べててくれ」

才人は重いドアを開け、外に出ようとする。

そのとき、才人《さいと》の背中に、なにかがぶつかってきた。

「やっぱり……ヤだ」

「…………っ」

朱音《あかね》がしがみついているのだと、理解するまで数秒。

彼女の優しい感触が、その甘い匂いが、才人の背をじんわりと温めていく。

朱音が震えている。彼女の不器用で鮮烈な魂が、震えている。

顔を見なくても、泣いているのが分かった。

朱音が想《おも》いを吐き出すように叫ぶ。

「どうしてイヤなのか分かんない……でも、イヤなの！　あんたが他の女の子と仲良く買い物してるなんて考えるだけで、胸が苦しくなるの！　形だけでも、あんたは私の、ダンナなんだからっ！」

彼女の痛みが、背中越しに伝わってくる。

自分の気持ちが分からないのは、才人も同じ。

恋も知らないのに結婚させられ、大嫌いなはずなのに互いの言葉に動揺する。

どうでもいい相手になら、なにも感じないはずなのに。

どうして自分たちは、心を揺らされるのだろう。

才人は小さく息をついて振り返った。

「……その言葉が聞きたかった」

「え……？」

朱音《あかね》が涙に潤んだ目できょとんとする。

「とっくにデートは断ってるよ。俺のこと、ホントは大嫌いじゃなかったんだな？」

才人《さいと》が尋ねると、朱音の顔が苺《いちご》のように真っ赤になった。

「はあああああああ!?」

激怒と羞恥、あるいは二つの入り混じった混乱。

朱音が才人の胸をポカポカと叩《たた》く。

「こんなの詐欺よ！　ハメられたわ！　やっぱり嫌い！　嫌い！　大嫌い！」

その拳に力はなく、罵倒にも力がない。

朱音の本音は読みづらいけれど、今の瞬間だけはさすがに読める。

才人は笑って朱音の拳を受け止める。

「はっはっはっ、別に嫌いじゃないのに？」

「うぐぐ……」

朱音は拳を固めて才人を睨《にら》む。

「デ、デートじゃないなら、どうしてそんなオシャレしてるのよ」

「元々、今日はお前と二人でショッピングの予定だったろ？」

「ショッピングっていうか……ただの食材の買い出しだけど……」

「今日はちょっと遠出してみよう。せっかくの休みなんだから」

「でも……」

ためらう朱音の手を、才人が引っ張る。

「行くぞ」

「あっ……」

朱音は驚きつつも、手を振りほどこうとはしない。いつもの勝ち気な態度が嘘《うそ》のように、才人に連れられていく。

「待って、全然オシャレしてない！」

「充分オシャレだぞ」

「ううっ……。お、お詫《わ》びに、好きなモノ買ってもらうからね！」

「了解。指輪でも買うか？」

うろたえる朱音が可愛《かわい》くて、才人はからかってしまう。

「ゆ、ゆびわっ!?　それはまだ早すぎるんじゃないかしらっ!?」

朱音は紅潮した頬《ほお》で慌てる。

やわらかな手の平の感触が、才人の鼓動を速くする。

これをデートと呼ぶのか、分からないけれど。

きっと今日は楽しい休日になると、才人《さいと》は思った。

今さら恥ずかしくなってきた…
指輪とかなに言ってるんだ俺は…
朱音はどう思ってるんだろうか…
にこ…
ブツブツブツブツ
これはデートじゃないこれはデートじゃないこれはデートじゃないわ
ゾゾッ
呪文!?

エピローグ

epilogue

3年A組の教室で、陽鞠《ひまり》が才人《さいと》の席に駆け寄ってくる。

「おはよー、才人くん！　ねえねえっ、見てみて！　今日、学校に来る途中で、面白いキノコ見つけたんだー！　才人くんなら名前知ってるよね？」

声を弾ませ、デコレーションだらけのスマートフォンを才人に見せる。

通常営業の明るい姿。非常に陽鞠らしくはあるのだけれど、才人は怪訝《けげん》に感じる。

他のクラスメイトに聞こえないよう、声を潜める。

「俺の妄想だったら悪いんだが……俺はお前から、デートに誘われたよな？」

「うん！」

「そして俺は確か……断ったはずだよな……？」

「うん！」

元気にうなずく陽鞠。

「だったら、なぜ普通に接してくる？」

デートを断るとき、才人は陽鞠との関係が気まずくなるのを覚悟していた。今後は二度と話しかけてくれないだろうと予想していた。

なのに、陽鞠の態度はまったく変化していない。色恋沙汰に縁のない才人でも、これがイレギュラーなのはさすがに分かる。

陽鞠は才人の机に頬杖《ほおづえ》を突き、屈託なく笑う。

「えー、そんなの関係ないよー。あのくらいで、私の才人くんへの気持ちは変わらないし。断られたら、また誘えばいいいんだし！」

「……お前はすごいな」

正直な感想だった。

「あれ？　私褒められた？　やったー♪」

陽鞠は両手を挙げて喜ぶ。

――本当に、すごい。

一歩踏み込んで関係を進めようとする勇気にも、失敗してもめげない精神力にも、才人は感心してしまう。

「私ね、朱音《あかね》と仲良くなりたいと思ったときも、何度追い払われても諦めずにアタックして、親友になったんだ」

陽鞠が才人に顔を寄せ、真っ直《まっす》ぐに目を見つめる。

「才人くんのことも、絶対諦めない。私のこと、必ず好きにさせてみせるから」

「あ、ああ……」

ストレートすぎる好意に、才人《さいと》の首筋が熱くなる。陽鞠《ひまり》のように魅力的な少女から手放しで慕われて、嫌な気がするわけがない。

——朱音《あかね》もこのくらい素直だったらいいのにな。

なんてことを、少し思ってしまう。

才人は頬《ほお》を掻《か》いた。

「というか、あんまりそういうことを大声で言うな。クラスの連中に聞かれると面倒だ」

「え、どうして？　もう才人くんには知られちゃったし、私はみんなに知られても大丈夫だよ？」

「俺が困る」

「あーそっか。才人くん、刺されちゃうかもね♪」

「さ、刺されはしないだろう……しないよな……？　多分……」

確信は持てなかった。

「これでも私、しょっちゅう告白されてるからなー♪　才人くんのことしか眼中にないから全部断ってきたけど、その人たちの恨みが積もり積もって……」

「脅すのはやめろ」

「あはは、じょーだん♪」

陽鞠は楽しそうに笑う。

糸青《しせい》が才人の席に歩み寄ってくる。

「うちの兄《あに》くんは、シセのお眼鏡に適《かな》った相手にしかあげられない」

「お前は誰目線なんだ」

呆《あき》れる才人に、首を傾《かし》げる糸青。

「父？」

「妹じゃないのか」

「妹であり、父でもある。シセは万物の中に存在する」

「お前は精霊か」

そう言われても外見は違和感がない。

「糸青ちゃんのお眼鏡に適うって、どうしたらいいのかな……？」

陽鞠は真剣に悩む。

「それは陽鞠の頑張り次第。まずは誠意の証《あかし》にメロンパンを十万個ほど欲しい」

「じゅ、十万個……？　分かった、頑張るよ！」

「賄賂を要求するな」

才人は糸青の暴挙を止める。

「いいんだよ！　才人くんのためなら、私はなんだってやるから！」

陽鞠は底抜けの笑顔で言い放った。

そんな才人《さいと》たちを、朱音《あかね》は教室の端から眺めていた。

才人と陽鞠《ひまり》の関係が気まずくならなかったのは、安心した。

でも、二人の距離が近すぎるのを見ていると、なんだか落ち着かない。

一度デートに誘ったことで羞恥心を乗り越えたのか、陽鞠は才人の手を両手で握って熱心に話している。

朱音が誰よりも信頼する陽鞠に愛されて、才人も嬉《うれ》しくないはずがない。きっといつか、陽鞠は才人を手に入れるだろう。

それは、応援すべきことなのだけれど。

「……負けないから」

無意識にこぼれた言葉に、朱音は口を押さえた。

「私……なにを言っているのかしら」

燃えるような熱を、体の芯に感じる。

ずっと眠っていたのに、呼び覚まされたもの。

その想《おも》いの正体を、少女はまだ知らない。

あとがき

人は誰しも、自分の中に巨大な宇宙を抱えています。

それは外側の宇宙と同じくらい広く、どれだけ年を経ても完全に探索し尽くすことはできません。

私が嫌いなのは、何なのか。私が好きなのは、何なのか。

私が本当に渇望しているのは、何なのか。

分かっているようで、実は誤解していることが多いのが、自分という宇宙です。

そして、己を知り、その真の願いを叶《かな》えたとき、人は幸せに近づくことができます。

第一巻が才人《さいと》と朱音《あかね》がお互いを知り始める物語だとしたら、第二巻は才人と朱音が自分を知り始める物語と言えるかもしれません。

陽鞠《ひまり》の願い、糸青《しせい》の願い、天竜《てんりゅう》の願い……それぞれの思惑を想像しながら、今後の物語を追っていただけると嬉《うれ》しいです。

この本をお届けするにあたっては、たくさんの方にお世話になりました。

担当編集のK様、N様。各種プロモーションやコラボなど、作者も把握しきれないくらい多岐にわたって、細やかなご支援をありがとうございます。

ＭＦ文庫Ｊ編集部の皆様、出版業界の皆様。動画を連載している『漫画エンジェルネコオカ』の皆様。全力の援護射撃を賜り、どうもありがとうございます。

イラストレーターの成海七海《なるみななみ》先生。映画の一幕のような雰囲気たっぷりのイラストを頂いたときには、感激しました。先生の描かれるキャラクターには魂が宿っています。

この本を読んでくださっている皆様。一巻は異例の勢いで品切れになり、ご迷惑をおかけいたしました。感想や口コミで作品をご紹介くださり、ありがとうございます。

皆様の熱い応援のお陰で、発売から一ヶ月で四刷の再重版となり、コミカライズも決定しました。漫画の担当は、ＹｏｕＴｕｂｅの動画でもお世話になっているもすこんぶ先生です。小説がベースになっていますので、動画版よりさらに掘り下げた物語をお届けできると思います。こちらも合わせてお楽しみください。

これから才人と朱音の結婚生活には、様々な出来事が起きます。二人がどうやって歩み寄り、お互いに手を取って乗り越えていくか。二人の未来を、見守っていただけますと幸いです。

春の訪れに　　二〇二一年三月十二日　　天乃聖樹《あまのせいじゅ》

2巻発売記念企画!!

クラスの大嫌いな女子と妄想することになった。

投票によって選ばれた
才人の妄想が
動画になって公開中!

※2021年4月時点の情報です

← 妄想ストーリーは次ページからスタート!

『クラスの大嫌いな女子に優しくすることになった。』

今夜の嫁は、普段と雰囲気が違う。

才人《さいと》がベッドで本を読んでいると、風呂上がりの朱音《あかね》が寝室に入ってきた。

薄桃色に頬《ほお》を火照らせ、マットレスを軋《きし》ませて才人の隣に膝を突く。

「待たせちゃって、ごめんなさい。やっと才人と一緒に寝られるわ」

「ああ、やっと朱音と一緒に寝られ……って、お前はなにを言っている!?」

まるで二人で寝るのを心待ちにしていたような言葉に、才人は耳を疑った。

朱音が微笑《ほほえ》む。

「なにって、私の素直な気持ちよ。才人とベッドでころんってしてるときが、私は一番幸せなの」

「!?!?!?!?!?　大丈夫か!?　なにか変なモノでも食べたか!?」

「食べていないわ。でも……そうね。強いて言うなら、あなたの愛情をいっぱい食べた……なんてね」

きゃっ、と頬を両手で抱えて恥じらう朱音。

「あなた!?　愛情!?　日本語機能に深刻なエラーが発生したのか!?　直れ!　なーおーれ

――！」

才人《さいと》は古いテレビが壊れたときの老人のノリで朱音《あかね》の頭を叩《たた》く。

朱音は頭を押さえ、上目遣いで才人を見やる。

「も、もう……頭ぽんぽんされたら、嬉《うれ》しくなっちゃうじゃない」

「1192《イイクニ》作ろう聖徳太子《しょうとくたいし》！　1492《イヨクニ》燃える本能寺《ほんのうじ》！」

才人の情報処理機能に深刻なエラーが発生した。

「変なこと言ってないで、早く腕を出して」

「……根性焼きをするのか？　それでこそ朱音だ」

「違うわよ！　いつも才人が腕枕して寝かしてくれるでしょ？」

「俺は断じてそんなことはしていない！　ソイツは誰だ!?　というか、お前は誰だ!?　朱音をどこにやった!?」

「私が朱音よ。あなたのお嫁さん」

「O！　YO！　ME！　SAN！」

朱音の口から出るとは思えない言葉である。才人は真剣に目の前の少女の正体が分からなくなる。頭から宇宙人の触角でも生えていないかとまさぐるが、突起物は見当たらない。

朱音は気持ち良さそうに目をつむって、身じろぎする。

「んっ……あんまり撫《な》で撫《な》でされたら、その気になっちゃうわ……」

「そ、その気とは……」

才人はたじろいだ。

「今夜はやけに騒がしいと思ったら、すぐ寝るのが嫌だったのね。それならそうと、早く言ってくれたらよかったのに」

朱音が寝間着のボタンを外していく。男の魂を吸い込むような純白の谷間が覗《のぞ》いてしまい、才人は慌てて朱音の手を押さえる。

「待て！　早まるな！」

朱音はきょとんとした。

「早まっていないわ。夫婦なんだから、夜は子作りするのが当然でしょ？」

「俺とお前はそういう関係ではないだろう！」

「ごめんなさい……間違えたわ」

ボタンから手を離す朱音。

「気づいてくれて助かった……」

「ボタン、才人が自分で外したかったのよね？」

「ちがーう!!」

才人は絶叫するが、その叫びは届かない。

朱音は無防備な姿でベッドに寝そべった。上気した顔に恥ずかしそうな笑みを浮かべ、才人《さいと》に向かって誘うように両手を伸ばす。

「や、優しくしてね……」

「おかしい……こんなのは夢に決まっている……」

才人は朱音《あかね》に手を引かれ、彼女に覆《おお》い被《かぶ》さっていった。


朝陽《あさひ》の射《さ》し込《こ》む寝室に、小鳥の鳴き声が響いている。

――ほーらやっぱり夢だったー！

覚醒した才人は、ベッドで頭を抱えていた。

よりにもよってクラスの大嫌いな女子相手に、あんな夢を見るなんて。

――俺は朱音とああいうことをしたいのか!? 隠れた願望夢なのか!? 朱音を自分の妄想の中で性的に消費してしまっているのかー!?

謎の罪悪感と羞恥心が全身を灼《や》いている。

「ん……。才人……おはよ……」

才人の隣で、朱音が目を覚ました。まだ意識がぼんやりしているのか、無邪気な表情で微笑《ほほえ》んでくるのが可愛《かわい》らしい。

可愛らしい、のだが。

それが余計に罪悪感を掻《か》き立《た》て、才人は居たたまれなくなる。

頬《ほお》を引きつらせ、錆《さ》びたブリキ人形のようにぎこちなく手を挙げる。

「お、おはよう、朱音さん。今日も良い天気だね」

「朱音さん!?　急にどうしたの!?」

目を丸くする朱音。

才人は毛布を持ち上げ、朱音の上にそっとかけてやる。

「どうもしないさ。朝ごはんは僕が用意しておくから、君はまだのんびりしているがいい。ゴミ出しも食器洗いもすべて済ませておく」

「僕!?　君!?　どうしていきなり優しくするの!?　なにか変なモノでも食べたの!?」

朱音は警戒している。

「なにも食べていない。心配は要らないから、ここにいてくれ」

才人は寝室を飛び出した。まともに朱音の顔を見られないし、同じ空間にいるのが厳しかった。

朱音はすぐに追いかけてくる。

「怪しいわ！　朝食に毒を入れるつもりね！」

「お前じゃあるまいし、毒なんて入れない！」

「私もまだ入れたことはないわよ！」

「まだ⁉　今後のプランは⁉」

言い合いながらキッチンに駆け込む二人。

テーブルを挟んで睨《にら》み合《あ》う。

「絶対におかしいわ……なにか裏があるに決まっているわ……。すごく後ろめたそうな顔してるし！」

「ううう後ろめたくなどないさ――」

鋭い、と冷や汗をかく才人《さいと》。

朱音《あかね》が口を手で押さえる。

「ハッ⁉　まさか、私が寝ているあいだに銀行強盗を⁉」

「その状況で普通に朝食作ろうとしているのは強いな！」

「つ、通報しなきゃ……証拠は特にないけど……」

「証拠がないならタダの誤報だ！　警察に迷惑だからやめろ！」

電話機の方へ走る朱音と、立ち塞がる才人。

朱音は腕組みして考え込む。

「ここまで才人が焦るのは、よっぽどのことよね……。才人が後ろめたくなることで、私が怒りそうなこと……。そっか、分かったわ！」

「な、なんだ……？」

才人は固唾《かたず》を呑《の》む。

朱音と夫婦の営みを始めようとする夢を見ていたなんて、勘付かれたら終わりだ。いや二人は夫婦なのだけれど。

もしこのことを知られれば、朱音は激怒し、才人は朱音に頭が上がらなくなるだろう。朱音は才人を避けるようになるか、それとも自分が優位な立場にあると理解して利用するようになるのか……いずれにせよ最悪だ。

「あんたの罪は……これよ！　私の苺《いちご》プリンを全部食べたのね！」

朱音は勢いよく冷蔵庫のドアを開けた。

苺プリンは無傷で残っている。ピンクの土台に生クリームと苺がトッピングされ、冷蔵庫の棚でエレガントな姿を誇っている。

朱音は呆然《ぼうぜん》とした。

「これじゃない……？　苺プリンを食べる以上の罪って、いったい……？」

「いろいろあるだろ……」

「苺ケーキは買ってないし、苺シュークリームは昨夜《ゆうべ》ちゃんと食べたし……他に思いつかないわ……」

「お前の頭の中は苺畑なのか」

案外察しが悪くて、才人は安堵《あんど》する。

朱音《あかね》が憤慨して掴《つか》みかかってくる。

「ものすごく気になるわ！　あんたはなにをしたの⁉　なにを企《たく》んでいるの⁉　さっさと吐きなさい！」

「ちょ……」

突撃してくる朱音と揉《も》み合《あ》いになる。

なんとか落ち着かせようと才人《さいと》が朱音の両手を掴み、テーブルに押しつけるようにして動きを封じたときには、二人とも息が上がっていた。

朱音は頬《ほお》を上気させ、はぁはぁと胸を波打たせる。

濡《ぬ》れた唇から、上ずった声が漏れる。

「も、もう……朝から……こんなこと……」

「…………っ‼」

夢の中で朱音に覆《おお》い被《かぶ》さったときと同じ体勢、同じ表情。

才人の脳裏に、一瞬で今朝の夢が蘇《よみがえ》る。

全身の血がたぎり、罪悪感が最大値に達する。

「申し訳——ございませんでしたあっ！」

才人はテーブルに手を突いて、全力で頭を下げた。

「えっ⁉　なに⁉　なんで謝ってるの⁉　よく分からないけど……勝った！　才人に勝っ

たわー!!」
朱音は戸惑いながらも才人の頭をぺちぺち叩《たた》いて喜んだ。

芽生える想いに困惑する二人——。
もどかしい結婚生活は
まだまだ続く!!
クラスの大嫌いな女子と結婚することになった。
3巻
2021年
※2021年4月時点の情報です。
8月発売予定!!

ファンレター、作品のご感想をお待ちしています

あて先

〒102-0071　東京都千代田区富士見2-13-12
株式会社KADOKAWA　MF文庫J編集部気付
「天乃聖樹先生」係　「成海七海先生」係　「もすこんぶ先生」係

読者アンケートにご協力ください!

アンケートにご回答いただいた方から毎月抽選で
10名様に「オリジナルQUOカード1000円分」をプレゼント!!
さらにご回答者全員に、QUOカードに使用している画像の無料壁紙をプレゼントいたします!

■ 二次元コードまたはURLよりアクセスし、本書専用のパスワードを入力してご回答ください。

http://kdq.jp/mfj/　パスワード　fmhu4

- 当選者の発表は商品の発送をもって代えさせていただきます。
- アンケートプレゼントにご応募いただける期間は、対象商品の初版発行日より12ヶ月間です。
- アンケートプレゼントは、都合により予告なく中止または内容が変更されることがあります。
- サイトにアクセスする際や、登録・メール送信時にかかる通信費はお客様のご負担になります。
- 一部対応していない機種があります。
- 中学生以下の方は、保護者の方の了承を得てから回答してください。

MF文庫J

クラスの大嫌いな女子と結婚することになった。2

2021 年 4 月 25 日　初版発行

著者　天乃聖樹

発行者　青柳昌行

発行　株式会社 KADOKAWA
〒102-8177 東京都千代田区富士見 2-13-3
0570-002-301（ナビダイヤル）

印刷　株式会社廣済堂

製本　株式会社廣済堂

Printed in Japan　ISBN 978-4-04-680332-0 C0193

◇◇◇